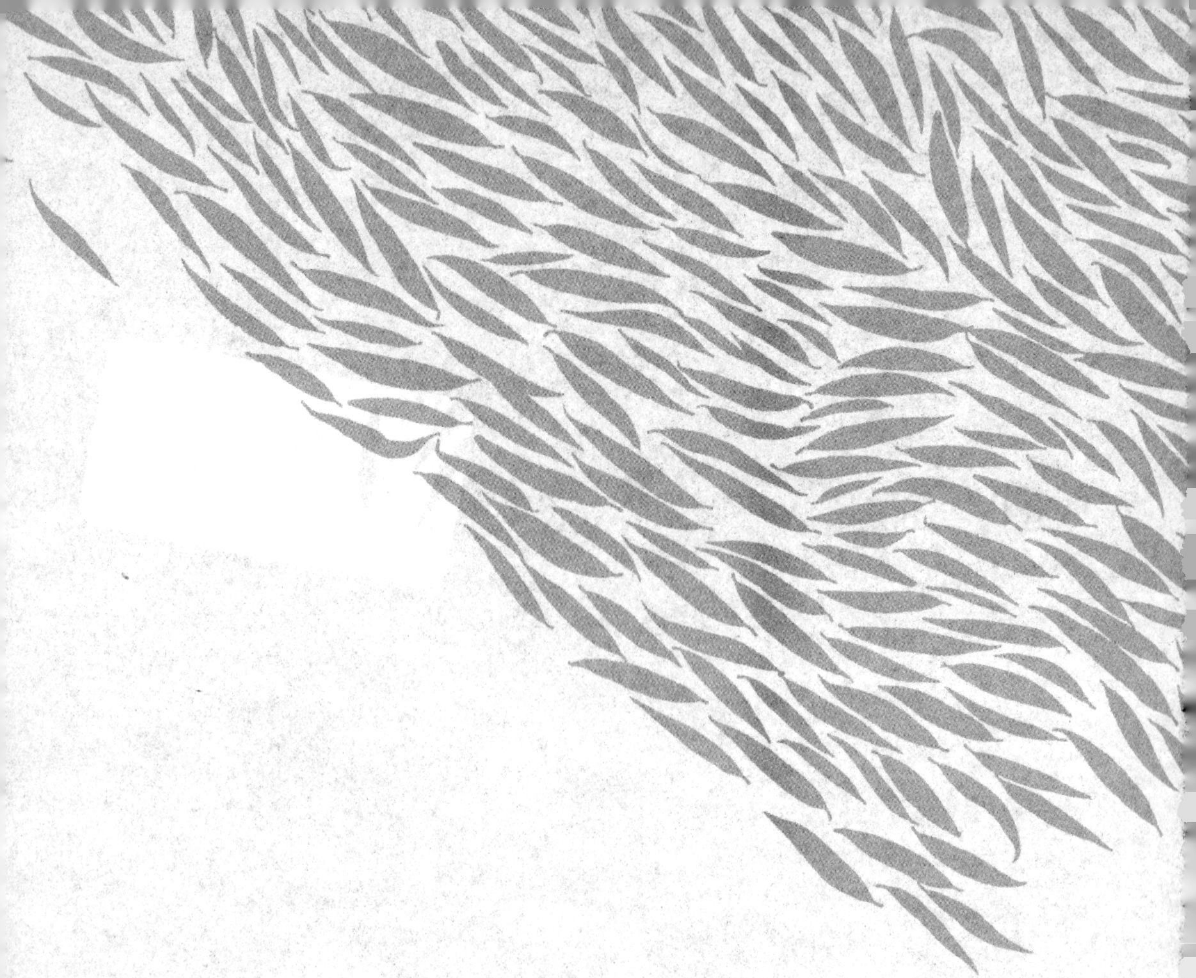

# 春风里
# 一直走

许冬林 著

金城出版社
GOLD WALL PRESS
·北京·

**图书在版编目（CIP）数据**

春风里一直走/许冬林著. —北京：金城出版社有限公司，2023.7
ISBN 978-7-5155-2413-9

Ⅰ.①春… Ⅱ.①许… Ⅲ.①散文集－中国－当代
Ⅳ.①I267

中国版本图书馆CIP数据核字（2022）第243425号

**春风里一直走**
CHUNFENG LI YIZHI ZOU

**作　　者**　许冬林
**责任编辑**　丁洪涛
**责任校对**　高　虹
**责任印制**　李仕杰
**开　　本**　700 毫米 ×960 毫米　1/16
**印　　张**　16
**字　　数**　120 千字
**版　　次**　2023 年 7 月第 1 版
**印　　次**　2023 年 7 月第 1 次印刷
**印　　刷**　天津旭丰源印刷有限公司
**书　　号**　ISBN 978-7-5155-2413-9
**定　　价**　45.00 元

**出版发行**　**金城出版社有限公司**　北京市朝阳区利泽东二路 3 号
　　　　　　邮编：100102
**发 行 部**　(010) 84254364
**编 辑 部**　(010) 84250838
**交流邮箱**　dinghongtaobooks@126.com
**总 编 室**　(010) 64228516
**网　　址**　http://www.jccb.com.cn
**电子邮箱**　jinchengchuban@163.com
**法律顾问**　北京植德律师事务所（电话）18911105819

# 文字让生命走向丰沛和广大

写作或许是一种最安静的表达。

它是写作者将自己缓缓打开，将他们的心灵温度、心灵感触、心灵发现呈现给每一个在阅读的“你”。但是，在表达之前，写作首先是一种凝结。写作者在生活里，正如河蚌在淤泥里，他们要用心灵的汁液、情感的汁液、思想的汁液将所经历的外部生活一一内化、凝结，凝结成结实的、有光芒的东西。文章，便是这样的情感凝结体、思想凝结体，是我们所走过的时间的凝结体。于写作者个人，它仿佛是化石般的存在、琥珀般的存在。

《春风里一直走》这本集子，于我，便是这样的一种凝结，是我近二十年间的疼和欢喜，是我的忧伤和光。在编辑这本集子的过程中，我又看见了我的笔触和指尖曾经停留之处的风物、人事和情愫。我看见了海棠、芦苇、秋草、溪水、雪和梅花；我看见少年的自己，看见曾经的父亲、母亲和我的孩子；我看见自己在伤春悲秋，也看见自己在沉湎阅读……

它们和他们，通过形态颜色、声音味道，甚至通过我的触感和想象，以一个细节接着一个细节，在我的文字里留存。它们和他们，使得我走过的时间不至于太粗粝和模糊。

写作和寻常烟火生活一样，最动人处，是其中折射出来的肌理，是那些独一无二地存在着的细节。而这些，都需要写作者要有足够的耐心去发现和呈现。

收在这本集子里的文字，有近些年写作的《清川》《湖色》《秋荷袈裟》《霜》等篇，也有早些年写作的《村有杏花》《未识绮罗香》《火车远去》《少年芦笋》《远行宜春》等篇。其中，第六辑“岁月河”里所选篇目多是创作于十几年前，今日读来，自以为它们依旧真切真诚，而我仍旧喜欢。这样选稿，我想的是造成一种回望、一种呼应，一种在春风里不断走下去的姿态。如此，这本集子算得上比较完整呈现了我的小散文写作历程和文字风貌。

一路走来，有些在变，有些不变。回首近二十年的散文写作，自觉我的文字越写越安静，越写越追求朴素和节制。但是，对于散文的真诚，对于散文的意境美，我一直不曾丢下。

经历过的每一段生活，领略过的每一种风景，与我们或长或短相聚过的那些人，它们和他们，是凝结在文字里的珍珠或琥珀。我们的生命，正是在这些记述和表达里，走向丰沛和广大。

是为序。

许冬林

2022年冬于长江边

# 目录

## 第一辑 春未央

春天是流传在民间的美丽的传说，口耳相传，白玉兰传给桃花，传给梨花和杏花……可是，最先传来消息的又是谁呢？


春未央 /002

枣林·雨 /005

海棠好媚 /008

一棵树 /011

村有杏花 /013

前世慈姑花 /016

五月，五月 /019

昆山之美 /021

水 声 /023

沙家浜的芦苇 /025

栀子花开时 /028

俯身秋草香 /031

清 川 /036

秋风桂花 /039

虫 声 /042

湖 色 /045

叶落满城 /048

秋荷袈裟 /051

舟行水上 /054

我这江北的雪 /057

梅花不急 /060

# 第二辑 向远方

火车仿佛经过我的窗前，带着东方地平线上青草的气息，然后远去。此刻我恍惚站在岁月的梧桐树下，看见我经历过的那些时光也火车一样远去，远去，天涯茫茫不可见了，那上边有我念念不忘的旧事与旧人。


春风里一直走　/064

多少城市，只在遥望中　/068

夜读白帝城　/070

董铺春深　/073

看自己的热闹　/076

未识绮罗香　/078

琢　玉　/081

我藏有我的驯良　/084

远行宜春　/086

儿子的月亮　/088

火车远去　/091

## 第三辑 秋将尽

晓色渐渐染白窗帘，一方冷冽而带着露水气息的光明，在南墙上不断加深，突出。

又是一年秋将尽。

我睡在这样的清晨，觉得自己是一枚光洁素朴的卵石，睡在流水里。我不动不语，只感受着流水一样的分秒从我身边流过去，流过去，流……


家　园　/096

有些寂寞是迷人的　/099

家住香樟树下　/101

劝　农　/103

三月旧事　/105

夏日长　/108

羞涩的二胡　/111

不　舍　/114

晓　色　/117

秋将尽　/119

秋也无言　/122

腊　月　/125

月明之夜　/127

# 第四辑 少年读

读到宝玉出家，茫茫的大雪，雪影里一个人，在船头躬身拜别父亲。这一回，倒没落泪，可是心上却是闷闷沉痛好久。是岁末，窗外也是大雪，月光下，一白到天际。回头体味文字里弥漫的那种辽阔无涯的哀伤，和空寂，仿佛没懂，又似乎懂得了。


少年读　/132

洋　红　/135

缘断水墨　/138

少年芦笋　/141

古城墙上的行走　/144

中年看湖　/147

在水一方　/149

名词，动词，形容词　/152

是是非非的吐丝　/155

《桃花扇》：苍凉与剑气　/157

比江水盛大的无望　/159

捕猎者的豪迈　/162

陶　人　/165

# 第五辑 一字题

绣是个名词，也是个动词。可是，当我在纸上写下一个“绣”字时，只觉得它更像是一个形容词。针线底下春风浩荡，姹紫嫣红，凤飞蝶舞：这是绣。比青春还要绚烂还要长久还要奢侈的绣。


粉 /168

青 /171

黑 /174

绣 /177

染 /179

织 /181

孤 /183

寒 /186

荷 /188

慢 /193

霜 /195

痛 /197

# 第六辑 岁月河

我躺在大地上的长宁河，于困守中把自己的生命分成千万条支流，隐忍着伤口，在植物的身躯里站立起来，拥有了其他行走的河流所不可企及的高度！

一棵野桃树 /200
油纸伞 /203
月亮堂堂 /205
岁月河 /207
更鼓未响 /209
父亲的年 /211
旧时菖蒲 /214
菊花禅 /217
迷失马车梦 /219
亲亲我的桃 /221
人在黄梅天 /224
秋　事 /227
旧　情 /230
旧时天气 /233
我到哪里去 /235
阳光千万里 /237
优雅的女子 /239
一条河流的行走 /241

# 第一辑

# 春未央

春天是流传在民间的美丽的传说，口耳相传，白玉兰传给桃花，传给梨花和杏花……可是，最先传来消息的又是谁呢？

# 春未央

踮着脚尖等，像等经过我的村庄的新娘，春天终于等来了。

冬天总是灰扑扑的，如同日历纸晒在门旁的木柱上，晒了一年，最后的色彩便是一坨苍灰。所以，我喜欢春天。

这些日子里，总会时不时就成了槛外的看花人。

到菜园里去掐菜薹，已有一朵两朵的白菜花开了，四个瓣儿围着团团坐，嫩生生像入托的小姑娘，在微风里躲躲闪闪，含着娇羞。我站在菜畦边，含着笑，不舍得掐它们。隔墙隔院，依然看见院墙那边的白玉兰开花了，白玉兰开得早，比墙根下的一溜儿迎春还要早。玉兰开得最假，假得不像花，我每推窗，看见那赭石色的光光的枝干上一团团的白，总狐疑是一群鸟落在上面，晾开白翅晒春阳。哪有鸟儿只恋着一棵秃树呢，早早晚晚地看，就知道当真是花了。好东西好到极致，常常要遭被误解的委屈，花也是。

黄昏，散步，沿着长宁河，看见农家门前的桃树上打满了红苞苞，结绳记事年代哪一个多情的姑娘在指间结下的一个个粉红心事，将解未解？那就不要心急好了，慢些来，慢些来，桃花且让它一朵一朵来开，结儿一个一个来解。春天实在太奢侈了，把那么多的花儿凑到一块儿来开，我实在舍不得，只想着要点小气的伎俩，私自克扣一些，留着慢慢开，这样，春天就长了。可是，哪里克扣得了！梨花那一树青玉一样的花苞也鼓着腮帮子在挤呢，还有杏，还有江堤上的蒲公英，还有芦苇丛边那些无名氏，一样端端正正已经装扮停当就要出来见客。

春天是流传在民间的美丽的传说，口耳相传，白玉兰传给桃花，传给梨花和杏花……可是，最先传来消息的又是谁呢？是乍暖的风和日，一路浩荡如大军过境，于是万木响应而从之，跟着摇旗？还是温湿的泥土，一把逮住了花草的根脉，嘱它们把春天的讯息写在绿叶和花朵上，带给大地？总之，春天是在人间这么驻下了！它们还要接着将传说流传下去，流传开去，将会在燕子的细雨呢喃里，在青蛙的青草咏叹里……

人在春天，每个日子似乎都是风雅的。陌上看柳，是的，陌上，看野生的柳。被花香发酵过的风穿过粗细长短任性而为的柳枝，一夜春风一层绿，这个时候的柳借着风势长得勤快。趁着最后的几天假日，趁着好风日，日日黄昏去河边私会它们，两相对视，有无限柔情绿意生起。它们在这寂寞的河边好自在啊，绿帘子卷了收收，想想，又卷卷，都是随着性子，所谓闲适，不过是处于野生状态。我从河边回来，总喜欢掐一两截柳枝在手心里举回来，但我不是洒甘露的观音，我是心上涂满绿意的处于野生状态的女子。这真好！春天纵容我！

气温连着攀升几日，犹疑着，又停下了步子。元宵节，没看灯，听雷。轰隆隆的声音在耳膜上滚，像住在我楼上的一对老夫妻借着雨天的清闲在挪动笨重的老家具，“轰——轰——”听出来有时光的厚重感夹杂其中。是啊，雷声里，你听到的竟然仿佛是翻箱倒柜的声音。啊，找什么呢？找到了，又是一年的好时光！一层层打开，在掌心上端详：立春雨水——惊蛰春分——古老的节气如一柄传家的如意，在炎黄人的日子里传了一趟又一趟。

落雨的天气，我喜欢做些针线活，时光散散淡淡，像枇杷叶下不循节奏落着的雨珠子。我穿的针线和天地间的雨线一样的长，一样的细，一样的软。雨线在大地上织花织草，添红添绿；我的，是用旧裙子缝两个娃娃枕，留待他日春光阑珊午后怏怏小寐时用。这两个娃娃枕，一时兴起，给它们取了名字，一个叫桃红，一个叫柳绿。

# 枣林·雨

视野之外，万亩的油菜花，躬身在院墙外，且做这百亩枣林的衬底。在巢湖之滨，雨是日暮才飘下来的，落在肩上，更多的是落在横斜的枣枝上。抑不住心底的喜，迎面，就呼它枣林雨了，入乡随俗吧。

远天，浅灰，是眸底往事的色调。高压线杆瘦塔一般，牵起的弧形电线，极其浅淡，隐隐沉落在枣林之后的天边，仿佛一只燕尾掠一掠，就能剪断。潇潇暮雨天，这样的背景下，那枣林就尤为显眼了。

我以为，植物里，枣树是极有耐心、极能沉住气的大有为者。梨花开白了春晓天，桃花烧红了半天的霞，只有它，芽还没发，仿佛还在酝酿，还在等待一个时机。只拿瘦而嶙峋的深褐色枝干直刺入来访者的视线里。对面看它，那枝，竖的像利剑，直指天空；横的似斜刺里插进来的干戟，嗖嗖间一股英雄气。甚至，枝上那些没长成气候的小枝节和枣刺，也是一截尖锐的线条，好似守城的衙役，手执利器，纵然小角色，也威武得很。枣林里走，简直是看武士舞弄兵器，步步进逼……出来了，回头再看那枣林，一行行的枣树间，是新翻的泥土，浅浅的赭黄。这画面，是狂草走在旧宣纸上，墨是铁黑的墨，是一看就叫人陡添了一截硬骨的墨。

雨落在枣林，不甚喧哗，只见枣枝的褐色更深了、更重了。人在屋里，推窗，仿佛就可嗅到一阵阵浓浓的水墨味了。这巢湖边的雨也是极有耐心的，且又温厚，它走近一株枣树，走进一片枣林，幽暗的天光下，雨和树似在不动声色地酝酿一个别样的世界……

忍不住想，这一夕的雨，枣芽儿在枣树的身躯里翻身了吧，并且摩拳擦掌，有了破城的雄心，有了凌霄的壮志。明朝，众芳零落，在枣林，千万片绿的小手在枝上相互招呼。然后摇旗呐喊，快长，快长。雨流在千万片枣叶的叶脉里、千万根新发的嫩枝里。绿色磅礴，那一树横斜而不循章法的褐的枝和干隐在绿海里，好似英雄，到后来，把烈性收在骨子里，不屑于张扬。

暮色渐浓，一园的枣树渐渐退向了宋人的书法册页里，渐次模糊。屋内人声喧哗，酒香四溢。起坐间偶一回眸，再不见了枣林，是在春雨里化开了吧，捞不起了。

近处的路灯已经亮起来，中秋月一般圆满。淡白的灯光低眉顺眼地洒下来，落在被雨濡湿的青色地砖上。凸的一面映着光，白亮，似顾盼的眼；凹的一面，依然深一块浅一块地盛着夜色。一路潮凉，一路斑驳。这情景，好似蹲在一口封了土的酒坛外，等坛里乾坤无声流转，看阳光，数落叶，内心安静。窗台边的茶花，红骨朵儿静静地在雨里立着，俨然一位静候在窗外的谁的红袖，举一把绿伞等她薄醉的良人。茶花的叶，在灯光下，新而洁净。那上面流泻的，几分是雨水，几分是灯光，分不清。抬头，檐下的灯笼不知几时也亮起来了，光色红得慵懒，有几分醉意昏沉。朝外的那一面湿了，雨水一绺绺从红绸布上淌下来，在末端的黄穗子上又分成了一粒一粒的珠子，滴着，滴着，甜糯似的透着酒香。

抚窗漫想：枣花开了吧！一朵朵，细小的，碎碎的，白色，暗香袅袅。不大招人！它的浓艳和繁盛在秋天，它选择在秋天隆重登场。大红大红的枣子累累地堆在枝头上，有春花的香，有秋实的甜。砸头上，极有分量。吃到后来，一不小心，舌尖还会被细而尖的枣核弄疼。这就是枣！便是籽实，也不曾丢了它尖锐刚硬的秉性，只是小心地藏在了香甜的表象之下。再一筐筐、一箩箩，被人搬进酒坊里，那是巢湖人用大红甜枣酷佳酿。

转身，已是一桌狼藉，一圈红面人。今夕把盏的是“枣为媒”中的枣王酒，这酒，入口甜软醇香，情思绵连，到后来，就在五脏六腑里横冲直撞，有了烈性。它不肯屈身低眉，不被驯服，自始至终。也难怪，这酒，一半是雨做的身，一半是枣做的骨，是枣的筋骨气神融化在一壶又一壶的春雨里了！

# 海棠好媚

春分之前，春雨霏霏，春风微冷。跟一帮友人去铜陵的西湖湿地，彼时，在湖边走，路边遇见海棠。

看，那是海棠！我眼前一亮，如旧时文人踏青，乡间遇见艳艳美人。

大家都驻了足，静静去看。海棠花蕾圆嘟嘟的，婴儿肥，半垂着，将开未开，是犹抱琵琶的妖艳。

春天开的花里，桃花艳而俗，梨花有仙气，海棠是新娘子，又艳又娇，垂手如明玉，亵渎不得。它妩媚妖娆，又难得有静气。

春暮天，最浪漫的事情，大约是出游时，遇到一棵海棠树。海棠花纷纷扬扬，在风里，在半空里。人儿独坐花下，花落满衣襟，可是却不生哀感，只觉得美好。海棠花里似乎有一种暖暖融融的情意，可以盖过落花的忧伤凋零的哀戚。

在内心，我无数次谋划过这样的一场相遇：在山中，在淡月笼罩的春夜，我路过一树盛开的海棠。海棠花开在月色里，又烂漫又静寂，仿佛闺中人倚门思远，那远人不久就会归来。我遇到那树海棠，我就不走了，我要借住在海棠树下的那户农家里，夜里开窗入睡，床头看月色如将落的海棠，朝起看海棠落满小桥流水。

春日出游，可以错过千山万水，却不能错过一树开花的海棠。烟雨蒙蒙的三月天，江南是又湿又暗的水墨画。可是，海棠一开，江南就明亮了，就娇媚了，就成了女儿家的江南。客居江南的游子，可以未老不还乡，因为还乡须断肠啊。

海棠妩媚而明艳，她不会是林黛玉那样清冷有仙气的女子，也不会是薛宝钗那样富贵雍容的女子。她可能是《红楼梦》里薛宝琴那样的姑娘，美艳里没有杂质，没有妖气，没有尘俗气，是纯真的美艳。是雨后朝日里的海棠。

如果一个男人的心儿像只月亮船，船两头坐着两个不一样的姑娘，一个红妆，一个素裹；一个是朱砂痣，一个是白月光。那么，那个成为朱砂痣的，一定是有着海棠一般的娇艳罢。

张爱玲说平生有三恨，一恨鲥鱼多刺，二恨海棠无香，三恨红楼梦未完。

就觉得张爱玲的这“三恨”有些苛刻了。海棠无香也很好，因为海棠太娇媚了，颜色和形态已经美得叫人沉溺，若是再有花香来缠人，那真是让爱它的人爱得万劫不复。这样的爱，太累，太烧心，没有节制和清醒，没有退路。这样的爱，一念起，就到了绝处。

所以，海棠无香真好，像是一处留白，可以让人舒口气。

苏轼有一首《海棠》诗：东风袅袅泛崇光，香雾空蒙月转廊。只恐夜深花睡去，故烧高烛照红妆。

苏轼爱海棠真是痴绝，在春夜深深处，剪烛在窗边，不为话春雨友情，不为读书临帖，却是为了一盆盛开的海棠花。唐玄宗曾有一次登沉香亭，召杨贵妃，可是贵妃醉酒还未醒，被人扶来见皇上，姿态慵懒可爱。唐玄宗爱怜不已，笑道：“岂妃子醉，直海棠睡未足耳！”

苏轼和唐玄宗，都是懂得怜香惜玉的人。苏轼眼里，最娇艳的花儿，完全可以当成美人来郑重待之，燃一只高烛，与花对坐对望，隐隐约约的花香里都是美人情意。唐玄宗眼里，美人娇媚如春花，只愿花开年年总不败，哪里舍得责罚，虽然贵妃醉酒，见了皇上已不会下拜行礼。

从前，我养了一盆贴梗海棠，春天开花，果然是夜色下花朵最美。花盆坐在阳台外，夜色越黑，那花越显得红艳，仿佛诗经年代天黑才入门的新娘子。

有一种美，便是海棠吧，人世间有百媚千红，我只爱你这一种。

海棠，海棠，当我轻轻呢喃时，只觉得有一个艳丽娇俏的女子，站在春日的城墙上，她裙袂飞扬，可远观，可静赏。

海棠，海棠，她走过小桥和柳堤，环佩叮当，那轻灵的玉器相碰的声音，在风里，清远悠扬。

# 一棵树

一棵树，生长的脚印是年轮，而追寻的目标却是高度。

在我的窗外，有一棵树，枝叶间遮掩的是一座半旧的小楼。青灰的瓦，青灰的墙，门扉久闭，小楼已是人去楼空。宽敞的老式屋檐下，燕子早已归去，留几个旧巢引来几只扑翅乱飞的野鸟……陪伴一棵树的，便是这样的一座小楼。我想，它该是寂寞而迷惘的。

季节已经入秋，霜染的叶子像是从唐宋诗稿里走出的诗人枯槁的容颜，纵横交错的纹理间织进了些许韶华已逝的沧桑。风起风息间，叶子便四处洒落，却终就叩不开深锁的重门，只能伴同着门外的衰草斜阳一起入暮。我有点心酸，心里有种被掏空般的失落，难道它一春的萌发、一夏的葱郁，终逃不过萧索的一劫？叶子落了，树枝便稀了。绿色褪了，天空便远了。空旷的天地间应该填补点什么吧？而我拿什么来填补这凋零的树，填补这寂寥清瘦的季节，如同我同样需要填补的心灵和人生。

我想起了我曾经凝视的另一棵树，那时我倚在南方的一所宾馆的阳台边，阳台外也是一棵树。它高大挺拔地立在草坪里，光滑的皮幽幽地泛着青色，亭亭的干捧出几片宽大肥硕的叶子，优雅地伸展在对面五楼人家精致的阳台边。那是种形状酷似椰子树的南方绿色植物，它美丽而从容。和我一起欣赏的是隔壁房间的一位金发碧眼的法国人，我猜想，他一定是和我一样跨越一段长长的空间来到这火热的地方，所不同的是我的脚步是不甘于奔忙在厨房和厅堂间，才有了这半是学习半是旅行的距离跨越，是骨子里不甘于疲惫在平庸和无为之中的执拗，才有了这小半个中国的空间跨越，才有了这半是逃遁半是追寻的心灵跨越。而此刻我们不正如阳台外的那棵树？在跨越一截截的生长距离后，试图向另一个高度进发。

当我从“烟锁重楼”“回眸一笑”的古典舞姿的沉醉中苏醒时，我的舞蹈进修已经结束了。火车行驶了近二十个小时，抛弃了南方葱茏的绿，我又步入了这块土地，这片家园。回家时，窗外的那棵树已开始落叶。

古人有折柳赠别的习俗，我也折了一截树枝，想与夏道别，为的是一棵树曾经蓬蓬勃勃生长的激情。我凝视它，圈圈纹理，那是一种令人感动的年轮，这每一圈年轮里会刻进了多少风霜？而每个叶柄脱落的地方却都有一个凸起，像个蓓蕾，我知道，那是明年枝叶抽芽的地方。季节去了，一棵树，还懂得留下一个蓓蕾去守望来年的春风，让来年的枝叶迎着阳光和风雨向天空攀登，我释然——秋天的树是智慧的。如果说春天的树是一个稚嫩的梦想者，夏天的树是个意气风发的青年，冬天的树是一位阅尽尘世沧桑后安详的老人，那么秋天的树便是一位充满哲思而冷静的诗人。

一棵树，竟然如此深谙生命和宇宙的奥秘——懂得在迷惘和彻悟之间粗壮，懂得在失落和追寻之间高大。

# 村有杏花

杏花的气质，很像是邻家小妹。

隔着幽凉的二十多年光阴回眸看去，她疏淡，清美。

每年春天，去山里看桃花，桃花烂漫到放肆。回程的路上，总会在心底想一想杏花，像怀着越轨的相思。杏花不曾看。杏花似乎太远了，远到隐居在中国画里，在唐诗里。

想起曾经看过一个画家的作品，是水墨。淡墨扫几笔过去，扫出三五重远山，远山推挤着，拱出一座略微湿重的近山。山脚下，卧一村庄，赭墙墨顶，至简至朴。难忘的是墙角斜倚一树杏花，浅粉色的花朵点点簇簇，乱纷纷，似乎好轻，风一起就能抹去。风未起，那杏花还开在宣纸上，透着少年的清凉，和江南的湿意。

那是杏花。

我固执地认为，画家以水兑就的曙红，极淡极淡，染出的，一定是杏花。是的，不是桃花。桃花太冶艳，太热烈，太容易骚动。桃花缺少淡雅，缺少内敛，缺少一种静气和远意。缺少一种少年岁月所特有的凉意，和萧淡。

台湾女作家朱天文的小说《柴师父》，难忘里面一句："如果他不是等待那个年龄可以做他孙子的女孩，像料峭春寒里等待一树颤抖泣开的杏花，他不会知道已经四十年过去。"是啊，杏花就是这样一个清凉的少女，等待，她如远如近。等待这样的女孩，如同等待一块绿洲，如同等待悦耳的乡音。然而，青春到底是远了，等待中，青春到底不能复活。女孩去了比利时，说是下个月回来，回来后她会再来吗？

到池州去，去杏花村，去唐人杜牧喝酒的那个杏花村。秋日晴和，烟树满晴川，立在杏花村公园里，一阵恍惚。眼前的砖墙、杏树、未凋的绿草、未浅的池塘……一切皆陌生，陡然间，又觉得如此熟悉。果真是一个杏花的村，植了那么多杏树！仿佛唐代的一滴墨，落进了宣纸里，洇开来，又漫漶又生动，便成了眼前这“杏花春雨江南”的园子。

遥想千百年前的那个清明，草木萋萋，山花绽放，诗人杜牧一身青衫来踏青，想想谪居生涯，离家千里，自是惆怅几分。恰此时，春雨纷纷而下，路上行人，或冒雨，或撑伞，相携赶路。瞧瞧自己，无伴，无伞，青衫半已软软地湿了，怎么办？喝酒吧！消愁，也取暖。酒家在哪里呀？问吧。

“清明时节雨纷纷，路上行人欲断魂。借问酒家何处有，牧童遥指杏花村。”是遥指啊，远，可是也能看见，冒雨走一截就到。杏花村，不远不近。

要感谢这青山林泉之间，有一座盛开杏花的村子，感谢黄家的酒店，收留一个内心微凉的诗人，在清明，在酒后，由他散发他灵魂的芬芳。这芬芳的诗句，也像是杏花，萧淡又圆满，凄迷又清凉。

时间之河里，杜牧已驾舟杳然，但《清明》诗还在，杏花村，所幸也在。秋阳融融，沐浴其中，身在杏花村，觉得自己也仿佛被杏花的气息濡染，虽然杏花早已开过。我觉得自己也成了一株摇曳在唐诗里的植物，是草本植物吧。又绿又柔软，又轻又透明，颤颤的，像少女在晚风里，素白裙子轻轻摆动。与杏花为邻。

可是还不够，还想在来年春天，去一趟杜牧的池州。看水波潋滟，看照水的杏花，在春风里婆娑盛开。

如果一个人的魂魄可以像裙子一样脱下又穿起，我多么想，让魂魄游离，穿在一朵杏花上。我多想在一个露水微凉的晨晓，在一个古意尚存的村子，做一朵旧年的杏花。多年之后的你呀，看没看见，我都盛开。风来不来，芬芳和清凉都在。

# 前世慈姑花

我相信，人是有着前世的罢。而我的前世，一定是一棵植物，开着淡紫以至青蓝的花儿。

我总是有意无意地寻找着这样的一棵植物，试图通过一朵花，目光踩着一片薄薄的花瓣，踏上回家的曲径。

蝴蝶兰，紫薇花……直到遇见慈姑花，心下轰然，泪水涌出。

微雨的仲秋，坐在疾驰的车上，去看望年近八十的我的外婆。忽然在一处河滩边就看见了那样的一丛植物，浅水像含着烟愁的眸，水上面有浓厚的树荫，一丛绿色的慈姑立在水中央，翡翠岛一般，中间的几根绿茎秆顶上，擎着玲珑的淡蓝淡蓝的小花。我一直以为，蓝或紫，都是一种极其忧伤而深情的色彩。这秋水上的匆匆一瞥，于那几簇淡蓝淡紫的花上，我仿佛忽然看见了那一个忧伤而多情的自己，一直隐在时间的裂缝里。

它有剪刀样的叶，它心思细细地在水边，裁剪阳光，裁剪风雨，裁剪年华，裁剪日子。那些淡蓝的淡白的小花，像浅的碟，三枝，两枝，从秆底一截一截摆到秆顶，是怎样一场不舍得散去的筵席啊！白的花，绿的叶，尘世有它一场清白干净又牵扯不歇的浓情！

后来，又走了一些地方，看见了更多的慈姑花。有的在乡间荒芜的田角，形影单薄；有的夹在茂密的蒲草丛里，艰难地获取阳光和斜风细雨；

更有的，尴尬地挤在满池的莲花莲叶里，兀自为红莲的明艳华美做底子。有多少荒僻的角落，就有多少慈姑花；有多少慈姑花，就有多少平凡和孤独者的影子。慈姑的花是碎小的，小到常常忽视在眼角，像睡衣上的纽扣，不绮丽，不招眼。浓艳不是它，娇媚不是它，甚至梅菊的烈性也不是它。它所有的，只是这清白的一小朵儿一小朵儿的花，以及花心里杏黄的蕊。它的花盛开的阵势，不是辞藻堆砌的宏篇，是流水日记，细细碎碎，在幽静处低回吟唱。

它身份低微，难入雅室。在乡土中国，很少有人将它养在青花瓷盆里，日日清水细灌，做观赏植物侍弄。即便偶有几个士大夫类的秀着闲趣的人，在砌了瓷砖的大大小小的池子里养，那茎叶间常缠着的也是藤藤蔓蔓的菱菜，和有着极细极细腰身的水草。无非，是要把一点乡野之趣秀出七八分的怡人来。

在我们，是拿它淤泥里的球茎——形似芋头一样的东西，用于蔬菜。《本草纲目》里说它“达肾气、健脾胃、止泻痢、化痰、润皮毛”。中医认为它性味甘平，可用于生津润肺、补中益气，治疗劳伤、咳喘等疾。除了做寻常蔬菜，在民间，它还会做这样一味药的，俯身在瓦罐里。是啊，在中国，它不是金屋藏娇，不是红袖夜添香，富贵和风雅都离它遥远。它的价值是，在幽暗阴冷的淤泥里不声不响地生长，待冬后捧一盆晶莹似雪润白如玉的果实，慰人间冷暖。

素淡，寂寞，直抵人间烟火。我想，这就是慈姑。

其实，慈姑还有着另一个动听的名字：茨菰。但是，我喜的是此慈姑而非彼茨菰，只因为，它名字里的那个“慈”。能慰人间冷暖的，想必一定有着一颗慈悲的心。植物里，它一定是一个忍着寂寞忧伤、行走在民间、关怀众生疾苦的慈悲的女子。

我呢？我想，我的前世一定是这样的一棵慈姑，来世还是。这辈子，我是一个慈姑一样清淡的女子，是前世的慈姑花开在这辈子庸常琐碎的光阴里。于万人如海中独守一分寂寞，在岁月的茎上盛开一个平凡女子的小小的悲欢，不惊艳，不扰人。我只愿，我的文字，它是从深深浅浅的地底下捧出的果实，盛着爱和慈悲，慰尘世间薄凉悲苦的心。

# 五月，五月

五月，是一个清明的季节。大地清明，人心清明。

红的桃花，粉的杏花，金灿灿的迎春花，都从枝头上悄然退下。一夜的雨，一朝的风，搭一个软梯子，一瓣一瓣地接它们回归尘土，回归流水。五月，是初夏，花事已了，叶在枝头上潜滋暗长，很静。于春，它像一个人，从繁华的高处转身下来，丢了纷扰，安身于低处，懂得内敛，懂得换个方式抵达。于夏，它像一页白稿纸，动笔了，尚在第一行，但结构和主题已成竹于胸。

窗外，香樟开花，一粒粒淡黄的花朵儿撒在枝叶的面上，香气缠进风的骨头里。花不起眼，香味惊人。像某类人，才情出众，是不屑于修饰外表的。院墙上的金银花也来了消息，一根根蔓上，举着小棒槌样的细蕾，淡白的，浅绿的。当年出嫁，娘家的陪嫁里也有一根棒槌的。敲一敲，花儿打开了生命，我打开了生活，殊途同归。

枇杷在枝头是青的，也还没起毛，成熟还有个把月，此刻是攒了劲地长，心无旁骛。六月桃小小的，像婴儿攥紧的小拳头，藏在枝叶底下，还不知道用心思招人。我的孩子和他的伙伴站在楼下的葡萄架下，对着架上的一串串小葡萄，指指点点，看样子有点馋。站在楼上看，结了伴的这一群小子，我当他们也是一串葡萄，圆乎乎的脑袋瓜儿，到哪都是三五七八一阵儿。哪用得着盼，只要有耐心，一眨眼，就大了。叶绿的时候，子小；子成的时候，叶老。结构跌宕，主题永恒。

马兰头已经吃过了，芦笋也已经高过了额头，需要仰视了，餐桌上，野味渐少。田野上，小麦已抽穗，油菜已结角，但还是青的，一场农事还在铺垫，还在造势。这个时候，婆婆是闲的，她会去街上捉几只小鸡小鸭回家伺候。天不冷了，气温没有大幅的波动，小东西们长得快。只是，赶上星期天，她的小孙子们常常去抢她的这些宝贝当鸟来玩。弄得她常常站在胖乎乎的孙子和胖乎乎的小鸡之间，左右为难，不知道疼谁好。小鸡唧唧地叫，她求孙子放了；孙子哭了，她又笨拙地去抓小鸡。

去年冬天，跑来一只野猫，夜夜在楼底下叫春，婴啼一般，爱情是痛苦的吧。今晨，四只小猫刚出生，花白，蜷在一起。五月，阳光好，野猫也做了妈妈。好善的楼下伯伯将四只孩子安顿在一个纸盒里，遇人就招呼说，谁家剩了好吃的，要送过去，小猫等猫妈妈的奶水呢。几个年轻的妈妈在一起商量，说千万不能让几个小子知道了，怕他们不知道怎样爱小猫，抱了到处跑，结果弄疼了那四只孩子。哪里瞒得住呢？

目光指向低处的爱和关怀，是纯净的，无杂质的。

上午，坐窗台边，穿碎花的薄裙子。弃了冬装，又弃了春装，很轻松。风穿过香樟的叶，从发丝和肌肤之间经过，不冷也不凉。修了多少时日，也有了此刻的恬淡不烈，我说的是风。曾经，这风，盛夏的时候是热的，隆冬的时候是寒的；但是现在，是收了棱角锋芒的。

得闲的时候，也偶尔去庙里，不分初一和十五，不挑日子。烧香，拜佛，石阶上坐坐，听禅音。不为所求，只是护持内心的宁静。五月，我的生活和植物一样素淡，和天空一样清明，在万物的低处，抵达繁盛的夏。

# 昆山之美

昆山有一种旧时故乡的美。

是童年的那个故乡，也是唐诗里王维路过的那一林一川。

在安徽无为县，在一个名叫“昆山”的小乡镇，流连于山水草木之间，顿觉时光悠然清远。

山路蜿蜒，人在车上，倚窗看山色，由青而黛，渐渐延伸到远方的云霭里，窗外便成了墨色浅淡的水墨画了。

站在寨基山顶上，放眼远望，山势绵延起伏，一道山是一幅松竹山石的水墨屏风。转个身，以这些远远近近的山峦为背景，拍个照，自己就成了入画的人了。

“江流天地外，山色有无中。”这是王维的诗句，写的是唐朝的山，说的是汉江的水。可是，在昆山，站在任意一座山顶上，都觉得这两句诗是应景的。仲秋时节的午后，我站在寨基山顶，沐着秋阳和浩浩长风，遥看对面远山上山岚清扬，和山岚下若隐若现的远山，想象远远一带长江会不会弯进来？弯进这层层叠叠的山峦之间，将眼前这一纸林山晕染开来。

山中无甲子，世上已千年。在开着汽车坐着高铁奔赴大小城市的今天，在互联网资讯汹涌的今天，有时忙中偷闲读得一首唐诗，阅得一幅色泽发黄的水墨，会怅然叹恨古人的诗意和洒然，因为古人可以常见青山。

可是，来到昆山，才恍然大悟，原来青山常在。原来江山一直如画。

只是，是我们不常入山。不入山，不看山，不停留山间，我们渐渐活得远离了诗意。渐渐成为一个离开故乡的孩子。

在昆山，有山的地方，就有泉，就有潭，就有溪，就可以照影。“清泉石上流”“潭影空人心”，从前觉得古人真是好文采，现在想，若到了山中，伴着林泉小坐，这样的诗，人人都能写出。

坐在昆山的瓦屋潭边，掬一捧清水，看着水底颤动的山影、竹影、日影，听着竹林间回响的鸟鸣也如潭水一般清澈，就觉得那些写诗的古人只是先我们一脚的游人。一千年前的泉水，也如瓦屋潭的潭水一样，清幽、清凉、清静、清甜。山水，让我们和古人，陡然拉近了距离。

若在这山中，偶然遇见了王维或是柳宗元，我也可以大着嗓子喊一声：嗨，老乡，过来歇个脚!

这样一想，就觉得这山路上偶然相遇的山民们，一个个都有了诗人的骨子和内心。他们清晨踏着露水上山采茶，傍晚沐着夕阳下山回家，就像乡居的陶渊明。他们与满山的竹子为邻，比郑板桥还要风雅。他们白日里听着鸟鸣和水声劳作，夜晚听着虫唱和竹响入眠。他们在诗画一样的天地里生活起居，诗意却不自知。

活得诗意，却不自知，这真是人间大美。

我们古人曾这样活着，我们童年曾这样度过。

在黄龙桥的竹林里，看着老篾匠伐竹、削竹，制作竹制家具。在午后慵懒的光阴里，听老祖母讲唐末农民起义领袖黄巢在寨基山安营扎寨的故事……黄昏，暮霭笼罩群山，明心寺的鼓声回荡山野。

这是唐诗里的民风，这是似曾相识的童年故乡，这是昆山。

昆山的美，一如千年之前。

# 水　声

自来水入池，有人在池边洗碟子，是瓷的碟子。听那水声，水声是碎的，一定是落在碟子里跌碎了，大珠小珠滚落。碎碎的水声，若无事扰心，听起来也悦耳。碟子和碟子在被叠放时，那声音也清脆，如玉相鸣。如果没有碟子，水龙头又大开，那水声不好听。无遮无挡，声音太鲁莽；无器具相碰之音掺夹，水声苍白。

春日早晨，又逢周末，赖在床上千里万里地遐思。这时，听邻家院里的洗衣声别样美妙，仿佛乘风远去的人重回人间，顿觉万物可亲。不是洗衣机的声音，是手洗。一阵漫长的搓衣声结束后，然后能听到水龙头打开后的哗哗水声，水声入盆实在铿锵，擂军鼓一般。声音渐由粗犷响亮转为低沉单调，你就能猜出那盆快满了。水声止，搓衣声又起，是邻家的女主人在给衣服清水。清毕，再次放水……即便在洗衣上，你都能听出劳动的节奏。是四二拍，一洗一清，循环四次。每一滴水都是一个音符了。

秋冬之际的夜雨落在香樟叶上，那声音听起来充满柔情。细细切切，像有人在窗外私会，情话绵绵，终夜不息。水杉叶子上的雨声没有这样的兴味，大约叶子太细太小，不能共振形成回音，所以雨声邈远到模糊。我疑心泡桐叶上的雨声也不大动听，叶面太大，那声音缺少节制含蓄之美。比如，有一滴雨落下来，砸到了硕大的泡桐叶上，“啪”——响了。“啪啪啪……”又在所有的大叶子上制造一片回声。一惊一乍的，像个长相平庸又心浮的女子第一回收到男人的情书，逢人就说，到处招摇。

少年时，住在覆有瓦片的老房子里，上半夜下雨，到凌晨听屋檐下的雨滴，别有情趣。只是那时人小阅历浅，不懂思乡，也不懂相思，点点滴滴到天明，那样的雨声白听了十几年。如今情怀有了，那样闲寂幽独的雨声听不到了。

不仅听不到，且每到急雨之时，楼顶的水落在楼上楼下人家的遮阳棚上，不忍卒闻。是铁皮制的遮阳棚，一滴雨落下来，“砰——”像有人在叩门质问；一阵雨落下来，“砰嗒嗒——”那是一群人在砸门了。铁制遮阳棚上的雨声听了多年，觉得像悍妇一样可怖。是什么样的悍妇呢？就是像虎妞那样的悍妇，而你，刚好偷了她家的祥子，现在她带了一帮人和武器在窗外叫嚣。这样的雨水声里，忧惧满腹，余生要往哪里躲呢？

山中泉水之声是最耐听的。春暮，一人进山，坐在溪边的大石头上，听水声，淙淙的，泠泠的，哗哗的，一路清唱，经过肥圆卵石和细长青草。水声里，嗅草木勃发的气息，看山坡上的杜鹃花开欲燃，那一刻，天地洁净如处子的明眸。水声渐近渐远，如同雏鸟的叫声，从林子里悠悠荡出来，细亮而清新，又萌动着一股生命的活力在里面。水洗身，水声洗心，一年进山洗一次，是厚待自己。进山听水声，万不可人多，人多就只有人声喧杂了，水声遁隐又哪里可闻！

# 沙家浜的芦苇

《诗经》里写芦苇，写得风雅婉约。

"蒹葭苍苍，白露为霜。所谓伊人，在水一方。"想象着那画面：满河满溪的芦苇，青碧茫茫，绿叶上的露水已经凝成了薄霜，秋色渐深，晨气微凉得叫人忧伤。那个美好的女子，还在秋水的那一边呀，一春一夏的时光汤汤过去，都还未能抵达她的身旁，唯有一片浩瀚的深秋芦苇渲染成了一场相思的薄凉底色。

其实，不是芦苇有那么风雅，那么儿女情长，而是我们的先民风雅。他们的生活和情感，浪漫得让后人嫉恨，即使忧伤，也忧伤得那么婆娑有姿。即便是一段幽暗的情怀，也能被那些草木衬得生出明丽的绿光来。来到了沙家浜，来到了阿庆嫂的茶馆里，隔窗看那些芦苇，就全然是另一种气象了。

沙家浜的芦苇，大气磅礴，莽莽苍苍，是大手笔、大写意，是千军万马奔腾的绿。

芦苇在水里，芦苇在岸上，芦苇在湖中的岛上，芦苇在林荫小道的两旁。凭依木桥，放眼望，湖水泱泱，满目是五月的浓碧，不知道是芦苇将湖水揽在了臂弯里，还是湖水拥芦苇在怀抱。这真是芦苇的部落！

正是初夏。看花花已落，赏果果还未成，这样的寥落时节，却是芦苇最好的时候。在沙家浜，在芦苇最好的年华里赶来与它相遇，这是幸事。它们亭亭如修竹，俊逸如世外雅士。微微摇曳的叶子像绿色修长的手臂，轻轻抚摩白色的飞鸟、狭长的流云和青灰的天空。它们又和飞鸟流云以及天空融在一起，融成了水底琥珀一般的倒影。我们在芦苇丛里穿越，拂面的是芦苇的风，呼吸的是芦苇赠予的空气，夹杂着浓郁草本植物气息的空气，一时间忘了路途失了方向，却也闲闲淡淡地不着急。沙家浜半日，怎么想，都觉着过得奢侈。

帕斯卡尔说，人只不过是一根芦苇，是自然界最脆弱的东西……这里以芦苇为喻，突出人之脆弱，可见芦苇也是脆弱的。我想，从某根芦苇个体来说，确乎脆弱，即便长到竹木的高度，可触摸天空，到底还是一根苇草，逃不掉草本植物的难禁风霜的命运。

但沙家浜的芦苇又是顽强的。千万根芦苇在水泊，那就是敢于改天换地的英雄好汉啊！狂风经过，芦苇在水面掀起汹涌绿浪；风雨之后，芦苇们又一根根挺起笔直的脊梁。即使被砍伐、被火烧，来年春风一唤，一根根又从泥土之下举起尖尖的绿戟。

京剧《沙家浜》里，那位敏锐机智又勇敢的阿庆嫂，就是借一片茂盛的芦苇荡来掩护了新四军。谁会想到，这样清水绿芦的好地方，竟是与敌斗智斗勇的战场！那些临水生长的一根根苇草，在血雨腥风的年代，都生了胆气与豪气，成了一个个杀敌除寇守卫家园的战士。是啊，一根芦苇是渺小脆弱的，千万根芦苇站在一起，就布起了阵势，就有了战斗的力量。千万根芦苇密密生长，就长成了芦苇的海，就见出了蓬勃的生命大气象，就见出了永摧不折的民族大精神。沙家浜的芦苇，书写的不是《诗经》里小儿女的小情调，而是一种关乎民族大义的大境界。

个体融入群体，水珠融入大海，才会焕发永不消亡的生命力。在面对着眼前那一片苍茫无边的芦苇之海时，我想，生命短促如朝露，也许唯有将倏忽之间的生命融入一桩热爱的事业中去，孜孜不倦，全力以赴，生命才会呈现一种恒久而辽阔的魅力。

在沙家浜，真想做一根葱碧无花的五月芦苇，亭亭而立，静静生长。至于此后的荣枯与浮沉，就交给江湖上的风雨和日月来安排吧。

# 栀子花开时

也许没有多少人知道，一个初夏夜里女孩的心思，盼着栀子花开的心思——用嗅觉数着花开的讯息。我只是想啊，在晨起梳妆时，在我的梳妆桌上母亲已放着两枝刚摘的栀子花，还含着露，明眸皓齿似的瓣白蕊黄。我只是想，在背上书包时，在乡村的路上，我一路芬芳地走过。我只是想在那样的清晨做一个香香的俏女孩！

在二十世纪七八十年代，庭前院后的一棵花树就是一个女孩所有美丽的梦想。我是一个幸福的女孩，姑姑在临出嫁前，给她刚出生不久的侄女儿栽了一棵栀子花树，然后我和花树一起长大，当我到了爱戴花的年龄，花树也开花了。

在乡村简朴的小院里，在燕子穿梭的屋檐下，一团葱郁的绿叶丛中，嵌着白蝴蝶一样的花儿，迎风舒展着白翅，在暗夜里的星光下，一瓣一瓣地绽开，瓣瓣都花气袭人，肥嘟嘟的花瓣像婴儿粉嫩的小掌悄悄褪去了羞涩的暗绿或鹅黄，就那么一层一层率性地开着，像精心装扮的天宫仙女，丽质中脱不了那份纯真。

从看着花树打上第一个蓓蕾，到守着最后一个蓓蕾的开放，只有我自己知道我甜蜜而焦虑的心思！夜风把小窗轻轻推开，把阵阵馥郁的花香送到一个女孩的梦里。只是风啊，你小心些，不要让枝叶轻摆，让我的花瓣上有了折痕；门口的小黄狗啊，你警醒些，不要让邻家的女孩偷了我的花儿；妈妈啊，清晨摘花时仔细些，不要漏掉了一枝，我的碎花裙子上还想别上白白的一枝……

可是该怎么诉说那个悲剧呢？一个女孩从此在夏日的清晨没有花戴了。那时的农村还是贫困，母亲贪恋五块钱将花树卖给了村里的干部，移栽在新建的村办公楼的大院里。花树是连根挖走的，只剩下一个疼痛的土坑。放学回来后的我，发现家里唯一的一道风景不见了，伤心得大哭，妈妈被我哭得也唏嘘不已，想用五块钱收买我的眼泪，五块钱买不了一个个花香四溢的早晨，买不了一个女孩头顶上花朵乱颤的美丽。我的泪水淹没了那个空空的土坑，那个花儿已去的黄昏，泛滥了一个夏季。从此黑夜就是黑夜，黑夜里再没有了盼望天明的梦想，没有花香的黎明对于一个女孩来说还有什么意义呢！只是后来每天上学我都会忍不住绕道到村办公楼大院，看看哪一棵花树是我家的，长高了没有，我像一个被改嫁的亲娘丢掉的孩子，时不时趴在高墙边的墙缝里偷看亲娘的模样。栀子花再开时，已不在自家的院里，花开得太多太香，开败了的花儿脸色黄黄地歪倒在枝头，无人摘去，它像深宫里的妃子，在百花争艳的楼台下孤独地老去。

然后，我学会了栽花，我从同学家剪了一截压枝，日日浇水小心呵护，可是等到花儿开了，我已过了戴花的年纪。

唉，又到了栀子花开时。

我捧着书本走进教室，教室里满溢着栀子花纯洁浓郁的清香，多么熟悉的芳香的清晨啊，心怀似乎豁然荡开。五十几双眼睛看着我，微微笑着，然后他们的目光缓缓下移，落在了讲台上。原来我的讲台上静静地躺着几枝栀子花，一如二十几年前躺在梳妆桌上的那几只。我拾起它，贴于脸间，有泪想落。自此，我的讲台上、办公桌上一直开满了栀子花。有张口大笑灿然开放的，有含着露将开未开的，有拘谨地抱紧白裙，小鼓槌一样淡绿的花苞，直开到最后一枝花来谢幕。多年的疼痛渐渐逝去，心在那片浓浓花香里渐渐温柔和甜美，不禁感叹，生命是如此玄妙，竟然有一支无形的笔，正把曾经的缺憾悄悄画圆。我没有想到，从前命运在我的发间拿走了几枝，如今上苍却把一个夏日清晨的所有芬芳还给了我！

也许，在初夏的夜里，还有一种女孩的心思，盼着栀子花开的心思，用嗅觉数着花开的讯息。她们希望背上书包时，手里再拿着几枝，然后悄悄放在她们爱花爱美的语文老师的桌前。

# 俯身秋草香

是秋后，沿着环城河走，就遇见了。

那是一株不招眼的狗尾巴草，叶片修长，像吴宫里青女素娥腰间的丝带，剪裁慷慨，飘洒之间，叶尖着了地。秆的顶上擎着毛茸茸的穗子，在午后的阳光里，攒动着，像和秋风在玩一场童年的游戏，它是被拥戴为戴了王冠的主角。忍不住，俯下身去，嗅它，鼻子扎着了，痒得缩回来，竟也捎回来一脉秋天的青草香。

以俯身的姿态，贴近秋光里的每一个卑微的生命。

常常散步的江堤上，野花野草也杂乱地生。秋风是一波一波浩荡的浪，来了，怕人不知，细碎的野花便浪花似的点点溅到草地上。然后潮退，碎小的野花一朵朵开败在浅浅的草里。常看的是马兰花。那花瓣单薄得很，像贫寒人家的清瘦女儿，受不得凉风似的。有三两朵攀上细细的茎秆顶端，掀动着细齿样的一轮瓣，柔弱地咬着秋风惴惴不安。更多的隐在及踝深的秋草和青黑的叶里，寂寞，无声。色是淡淡的白，又晕染着浅紫或浅蓝，不够纯粹，倒也安静，像沾染了一抹海水的月光。野花很少有逼人的香，热情似乎不够，实用者的目光里，它是早被沦落为草的。那就以一棵草的心态来开放吧，恬淡，随意，秋风的香里，不浓情也不绝情。夹一瓣在书页里，翻完一本书再偶然翻回来，暗香几缕，有回眸浅笑的心动。像年少还未来得及去谈的一场爱情，中年之后在某个街角邂逅，于是那些过往的简单的情节，一一在时光的深处透出悠远的芬芳。

秋日的田野，蒲公英在吐淡白的绒绒，像个寂寞的小妇人百无聊赖，趴在午后的阳台上吹泡泡。想起往事。那年春天，和朋友们闲逛，在一处院落里，看见一地的黄花，在三月的阳光下明晃晃地盛开，春色奢华。朋友问我花名，当时也不知。经年之后，辞典的一角，迎面撞上"蒲公英"三字，几下端详，竟是诗句里的故人。于是赶紧拨电话，告诉朋友说：某年某月某地，你问我的那野花儿是蒲公英！电话那头，言辞吞吐，朋友大约是早记不起那年的满地黄花。时间的长短并不仅仅是以分秒和岁月的标尺来丈量的，历事多了，淡漠了，时间就远了。有些事，隔了二十年还仿佛昨日；而一朵黄花，再忆起，便已是隔了一场恋爱的时间。打住，不想。看蒲公英，看那一团白头的花絮在风里，看蒲公英把果实当花朵开放到天涯海角，把身体里的香深深塞进泥土里。赶一场又一场的春色，即便是近于无名的卑微，也不肯缺席。

江堤上的苜蓿草，不知几时，都被砍了，高高地堆在货车上，运送到牛奶场去，一群乳牛等着。堤畔上，那些裸露的草根，于淡白的伤口处依然散发出一阵阵温湿而隐秘的体香，旧情未了的样子，在晚风里氤氲，缠绵，弥散。

于是想到吃草的牛羊。如今的堤上，牛只见过一头。与放牛的老伯谈起二十多年前的牛群，竟像在谈一个遥远而沸腾的年代。连天的秋草，却只一头牛，像置了一桌丰盛的佳肴，已经冷了，举箸者寥寥。于是喜欢看羊群，像一粒粒黑的白的珍珠，滚落在毯子里。每天，牧羊人跟在它们后面上坡下坡，踩露珠，披夕阳。悠闲，自在，谁知道是羊群在放牧牧羊人，还是牧羊人在放牧羊群呢！倒是那些羊，低眉顺眼地来来去去，仿佛和这些草儿做了三十年的夫妻。羊是老实厚道的种，不懂得玩蜜蜂的那套——看似是在嘤嘤嗡嗡地抒情，实则是有着采花大盗的滥情。在羊低头咀嚼的身影里，秋草永远是香的。叫人想起芸芸小民的日子，没有光影的浮华，有的只是不招眼的甜实。

忽然就想起中草药，想起老式书房似的中药房，中药房里那些长长的小抽屉。这个季节，那些个小抽屉里都又重新装满了那些野花野草吧，有泥土的香，也有阳光的香。是小时候就已爱上了中药房里的草药香的，温暖而神秘。那时候，身体瘦弱，常闹咳嗽，便由母亲领着，让花白胡子的老中医按脉，听他沉吟，听他悠长的语调。站在齐至下巴或鼻子的柜台前，看那漆了深红及至褐色油漆的大橱，看那小抽屉上贴着方形的白纸，掌心大小，上面是毛笔写就的行书，咒语一般。如今忆起，我一直迷恋的，竟是草和文字之间的一种温暖而神秘的组合。一株草，还可以入药；入了药的，还可以拥有这样令人浮想的文字空间。百合，到底是镇咳祛痰，还是用来书写百年好合的愿望？金银花，这厢降了心火，那厢还会顺路捎来金银富贵吗？想起《本草纲目》，想起古老的东方文化里，一株草，甚至一株草的根、茎、叶、花或者果，在中药房的木质抽屉里，在花白胡子的老中医的毛笔里，竟有了那一份不可说不可说的天机玄妙。泥红的陶罐热气腾腾，于是脸色清白的女儿家渐渐唇颊红润，夜半咳嗽的书生能月下吟诗，窗前作文。一株草，不论从前的境遇，倘能书页间一番折转，老中医的毛笔一点化，最后俯身在温热的陶罐里，就真是香了。

也想过，好好写一篇小说，人物的名字就用那些活色生香的中草药名。当归甘温，生血补心，扶虚益损，逐淤生新。自然，当归该是一个性情温厚的妇人，玲珑智慧，颇识大体。菖蒲性温，开心利窍，去痹除风，出声至妙。所以菖蒲是个才情横溢的书生，文章清俊，他是苏东坡，或者李商隐……甘草甘温，调和诸药，炙则温中，生则泻火。如此，甘草是通达明理的大家闺秀，上午诗书，下午女红。泽兰甘苦，是薄命红颜；车前子寒，是遭劫后的隐士；苍耳子苦，是晚景薄凉的末路英雄，是李广难封；柴胡味苦，让他做泼皮的小厮；茅根味甘，让她做乡间大脚的丫头……如此，秋野上的根根草草，在泛黄的纸间都寻着了自己的肉和灵，在人间烟火里饱受煎熬，却完成了慈悲的关怀和救赎。

于是转身，看那秋野上的草儿，就觉得一个个，竟都透出了骨子里的那一缕风雅墨香。肯定要翻一翻《诗经》的。《诗经·国风·芣苢》：

采采芣苢，薄言采之。

采采芣苢，薄言有之。

芣苢就是车前草，据说其籽实可治妇女难产症。想象一下，两千多年前，在夏末或初秋，风和日丽，空旷的平原抑或山野间，一群妇女于农闲之间手手相携，去采车前子，她们边采边唱：鲜亮亮的车前子，快些把它采起来。鲜亮亮的车前子，快些把它采了来……一唱三叹，此场彼和，时远时近，忽断忽续。于是，那一捧捧的车前子，便踩着那明快的节奏，跳进了田妇们兜着的衣襟里，开始过问人间的生育人丁事。

《诗经·国风·采葛》：彼采葛兮，一日不见，如三月兮……想来，这是一首秋天的相思情歌吧。那人去采葛了啊，一天没有见着他，就好像过了三个月啊……曾有人将此诗解为“惧谗”，而非相思。采葛未归的人是君王，抒情主人公是个一天未见君王的官吏，他担心有人向君王进谗言，所以正惶惶不安。此解着实无味。飘着山野秋草香的句子，还是让它直白地诠释着咱小老百姓的情事，这样来得热闹且富有情味些。牵肠挂肚的人，在三千多年前的秋天里，是要被柔情地唤作“我那一个采葛的人”吧。那一日，他进山还没回来，她向灶膛里递过最后一根柴，然后去村头等。是个才过门的小媳妇吧，见了人，羞红一轮圆脸，嗫嚅道：我等我那采葛的人，一日未见了！风从山野那边吹来，捎带着葛藤葛根的香，爱情在暮色炊烟里熟了。

其实，不是所有的草都能走进中药房的抽屉里，走进久远的《诗经》里，在一页页泛黄的纸间，有铿锵的言辞、高调的呼声，成为解救苦难的哲人大师，或调遣意象的风雅墨客。更多的，它们匍匐在大地上，在寒风凛冽的山崖间，在荒凉无人的河滩旁，在乡村竹篱笆的缝隙里，在许多寒凉阴暗的角落里，被践踏、被漠视、被遗忘，枯荣自守。

想起我的外婆，一位近七十岁的乡村女人。儿女多，支撑个饭桌不容易，记忆中，每次看她，似乎都是在门前的那片方形的菜园里听见她的应声，仿佛她一辈子的时光都蹲在那里了。想起她，就想起那竹篱笆围成的菜地沟里，她日日年年扯了又长的野草和野蒿，无名，或者少有人知其名。如今我的孩子一如我当年，个头也已攀上了她的竹篱笆，去看她，老远叫她“太婆婆”，她还在菜园地里直起腰来应声，只背更驼了。

外婆的少女时代，正赶上日本鬼子进中国。她说，鬼子一来，小姑娘小媳妇们就忙从灶膛里抓一捧灰，擦脸上，一个个只愿做丑八怪。更哪敢穿花衣服，有半点的招眼！她自然也是要擦灰穿破衣服的，豆蔻青春，在铁蹄践踏的烟尘里，何曾鲜艳过。外婆刚结婚时，正打渡江战役。教科书上的历史，在外婆的记忆里，是近在身边的“大兵过江”。夜晚的战火，震耳的炮响……便是五十多年过去了，再说起，字字句句，还在心尖上跳。后面是过“人民公社”生活，饿，是那个时代最真实的声音。后来，农村土地终于改革了，可是大力气的外公却早早走了，丢给她一群正要吃饭但还不会做事的我的舅舅姨娘们。我不知道，她是怎样一路艰辛地走过来的，但，她确实走过来了。

我读过许多书，但我读过的那么多长长短短的句子里，没有也不会有外婆的名字。外婆的名字永远不会挤进别人捧读的书本里。她一辈子只有自己听自己的声音，自己知道自己，至多，还有身边的一些亲人断断续续地感受着她的存在。在江北平原上，她经历着别人都有的不幸，也经历着别人没有的不幸，然后儿孙满堂。如今，顶着满头银丝，早早晚晚，她还在泥土之上快活地忙着。仿佛，她自己就是土里的一棵庄稼，甚或，是一株顽强的草，隐约含着大地的香。

# 清川

溪是闲的。

瘦瘦薄薄的一带清溪，被上天遗忘似的，蜿蜒落在山谷。大的小的鹅卵石镶在清溪两侧，补丁一般，标记着溪水在汛期时的宽度。

此刻的溪，闲着了。不用春水暴涨，日夜淙淙；不用载一树的落花，或者一坡的秋叶，去赶一段繁忙的水路。景致收了，游人也不来了，岸边歇了船与筏。

溪，只是溪。只是它本身，不为任何溪之外的事物而负累。溪水脚步迟缓，比风慢，比日光慢。在缓慢中，水与水流连，与卵石，与水底的寥寥几片腐叶和树根流连。

水浅，游鱼历历可见。游鱼也是瘦的，瘦得更见身体敏捷，浅褐色的鱼影在水里倏忽一跃，忽隐忽现，仿佛是光的明灭。

我们是喧闹的。我们身上还披覆着城市的热烈和恣肆，我们的步履里灌满尘世的匆促和焦虑。可是，当我们赤脚踏过鹅卵石，在溪水边坐下，坐得也像一块补丁，心就清凉岑寂了。微风从溪水之上而来，拂过卵石，拂过我们的面庞鬓发，心里仿佛有一带清川，在静静地流淌，在静静地反射着日光。

我的身体内外，被一带清川浣洗，被山光照耀，变得洁净、通透、轻盈。我是瘦的了。

这是皖南秋初的深山，秋初的山间小溪，春花灿烂的时节早已远去，而秋叶还未曾霜染繁华。在春和秋之间，在两个隆重的季节之间，有一段清寂的山中光阴：草木一派朴素的老绿，溪水无声，林木深处的鸟也不喧嚷，仿佛一切都选择沉默。

溪边有人家。白墙黑瓦的两层小楼，典型的皖南民居。楼下两株高大的板栗树，抬头望，阳光穿过树叶，光芒软成带绿汁的光了。板栗还未老，一身绿刺，我们举竹竿帮主人打板栗，用剪刀剥出嫩白的籽实，入口清甜。

板栗树下有柴垛，手腕粗细的柴禾，垒得方方正正。柴垛憨厚如老者。此刻山民家的灶膛里正烧着这样的柴禾，炊烟升起，在树荫里弥散，弥散成浅白色的裙子，软软罩着民居，罩着溪水两侧的山路和草木，空气里充满烧柴的焦香味。放养的几只母鸡在板栗树下啄食被主人捡剩弃掉的菜屑，它们啄啄停停，也不争，想来那是它们的游戏。公鸡站在柴垛上，目光仿佛高过山顶的庙宇，高高翘起的尾羽上，闪烁着树叶缝里漏下来的阳光。

猫有静气，像“幽人独来去”的幽人。它悠闲经过我们的脚边，也不叫。它径直走到溪边，在那里舔水来喝。水里颤动黑白相间的猫影，猫见怪不怪，只低头凝望片刻，便拖着长长的尾巴，踏过卵石，往草丛而去。草丛里有虫鸣，碎碎小小的虫鸣，露珠一般，在我们的耳膜上慵懒地滚。

午饭是用溪水煮出来的，入口，如有泉香。饭后饮茶，也是山溪之水泡出来的山茶，叶子在水里苏醒，舒展腰身，吐一杯春色。我们小口啜饮，唯恐惊了春天。溪在卵石上流淌，也在我们的脏腑之间流淌，到处都是波光荡漾。茶后恋恋不去，三三两两，我们在溪边的枫树下小坐，一株老枫，叶未红。阳光换个角度照射溪水，水光潋滟，如锦绣铺开。我们携手走上木桥，在木桥上排排坐，脚悬空晾着，细风吹拂各色的裙子，仿佛回到童年，我们都在水光的照拂里。我们潮湿，洁净，一夕无欲求。

我心素已闲，清川澹如此。

我们得一日之闲，暂拥一段清川。阳光很近，尘世很远。

# 秋风桂花

桂花有一种很结实的香甜。这种结实，又含有一种朴素和实诚，是可以落到烟火里的那种香甜。

每年，桂花一开，我就暗喜，因为那个操持世俗烟火的我，要隆重出场了。采桂花，制作桂花茶，缝香囊，腌制桂花糖……因为桂花，秋天是个节日。

我会选择一个明朗的天气，选择远离汽车尾气或道路灰尘的区域，去采摘桂花。这样的日子，挎一个小竹篮或提一个布质袋，一个人在桂花树间穿梭，身心轻盈，化作一个有着薄而透明翅膀的小昆虫。放眼人世，红尘攘攘，多少人理想远大，奔赴于求名求利的阳光大道，而我，独向偏僻处，做一个采花啮香的人。

我采过金桂、银桂，也采过丹桂。那些一粒粒花朵，仿佛是大地上的花朵的缩微模型，又像是停留在花朵形状繁复进化的初始阶段，有一种稚气和笨拙，可是依然是美的。

银桂一簇簇缀在绿枝间，有月光一般的静谧和清凉，我以为最适合制成花茶。这样的青白小花经过干燥，和绿色的茶叶配在一切，在开水里沸腾，在透明的玻璃杯子里一朵朵由悬浮走向沉静于杯底，这样的一杯茶多么适合陪在书案边，尤其是女子的书案边。

金桂，我一般采摘后用秋阳晒干，然后封在布袋里，当作香囊用。香囊也自用，挂在书房里，挂在车子里，藏在随身背的包包里层口袋里；也赠友。

丹桂颜色最深。铁锈红乃至橘红的花朵，密布于高大的桂树树冠之间，似乎有金属的质感，仿佛那样的花儿重量大于叶子的重量。这样的丹桂，比较适合我们中年人重心向下的生活，我采它制作桂花糖。

总以为丹桂最皮实。采回来的丹桂，略略过清水淘洗。不敢洗太长时间，怕花香给清水带走太多。

洗过，竹筛子里摊开，阴凉处通风，收去花朵表面的水分，然后拌糖，入罐，密封。我喜欢在透明的玻璃瓶子里贮存桂花糖，你能看见糖和桂花是如何一点点完成彼此的拥抱和融合。起先，是桂花花瓣里的水分渗出来，将一粒粒固体的白糖化开，化成黏稠的液体。这些黏稠的液体在透明的玻璃罐子里会合，然后将一粒粒的桂花包裹进去，成为彼此联结的桂花糖。

在秋风渐凉、白露为霜的低温日子里，我的厨房日月，围绕着桂花糖一日日展开。早晨，我煮清水汤圆，厨房里水汽弥漫，汤圆出锅之前，我要舀一勺桂花糖入锅，略略煮过，桂花的香和米浆的香柔软地交融，一个香甜的早晨就这样在真诚的食物里开始。

在秋冬季节，我最喜欢在煮鱼之时，用桂花糖做调料。用菜籽油入锅，放入姜丝，将筷子长的鲫鱼烙得两面焦黄，然后加入开水，放盐、朝天椒、花椒，最后舀一勺桂花糖。盖锅煮，先大火煮得鱼身翻滚，然后转小火慢炖，炖得鱼骨的滋味也弥散到汤汁里了。在淡淡的水汽里，鱼肉的香、花椒和生姜的香、桂花的香、各种缠人的香味紧紧拥抱在一起，令人觉得人世温厚可亲。

这样的时候，和家人相伴，围着一钵腾腾冒着热气的桂花鱼，静静享受着寻常的一日三餐，一刻一如永恒。

秋风把桂花缩微的花冠撑开，然后把大地吹凉。而桂花，以低入尘埃的姿态，又将渐凉的光阴焐暖。

在人世的这一根青枝上，我，和我的家人，如此贴近，真像一簇密密开在一起的桂花。

# 虫　声

从前教书时，给学生上苏轼的《记承天寺夜游》，总觉得苏轼写漏了什么。

我跟学生一起朗读“月色入户，欣然起行……庭下如积水空明，水中藻荇交横，盖竹柏影也”，读着读着，我似乎听到了月色里有虫声。在乡野，在秋夜，除了月色，除了竹树的影子，一定还有虫声。

记得童年时，常伴着奶奶去姑妈家，不远，十分钟不到的路程，晚上去，晚上回。从姑妈家出来时，往往夜色已深，有时有月色，有时没有。在有月光的晚上，我们缓缓步行，我在前，奶奶在后，也像苏轼和张怀民那样走在乡下的月色里，身前身后，竹影树影，房屋的影子，篱笆的影子，一路淡墨似的泼洒。而虫声，清脆明亮，带着露水的气息，带着草木的气息，带着河流的气息，带着砖瓦泥土的气息，一路把我们密密包围，好像我的裙子上也落满了虫声，奶奶的银发上也挂满了虫声。

我们沿着河堤走，没有月色时，水是白的，路是黑的，我们弃白择黑而行，也不恐惧。河堤的树荫下，堤畈的草丛里，人家的屋檐下，虫声像一道道细光破黑而来，为我们引路。我们好像步入了虫子们的世界，虫声淹没了我们的脚步声，我们像在夜色里浮游，自己都觉得自己是陌生的异族。我们仿佛看见，虫子们在夜露里梳洗身子，啜饮清凉，擦拭翅膀。它们的叫声汇成队伍，有时阵势壮观，有时轻兵减从。

我们走在虫声里，走在人世的夜路上，内心安妥。有虫声的地方，就是清凉太平的人间。

那时，我们住在长宁河边的土坯房里，土房子有一特点，就是人与虫共居。

大多数的虫子胆小些，只有蛐蛐，到了秋冬，仍然和我们共处一室。在初秋之夜，满屋似乎都是虫声。在梳妆桌下、在床下、在柜子底下，那些蛐蛐唧唧唧唧，此起彼伏，像层起的粼浪。厨房的陶罐、水桶、水缸下，杂物间的锄头扁担箩筐间，堂屋的饭桌椅子条几下，那些陶质、铁质、木质的生活器具和农具上，都像生起了一层茸茸的细毛，那凉软的茸毛都是唧唧虫声的余音。

我在外婆的江洲上听过许多回虫声。有时是夏夜，我们在院子里纳凉，蛐蛐们就在院子的篱笆下，叫声密密匝匝，热烈蓬勃，好像篱笆下的虫子们在张灯结彩吹拉弹唱。后来读诗，读到徐志摩的那句“夏虫也为我沉默，沉默是今晚的康桥”，不禁纳闷，夏虫怎么会沉默。外婆篱笆下的夏虫，永远盛世欢腾。

秋冬时节的虫声，最得含蓄婉约风致。虫子们在外婆小小的房间里，唧——，唧——有一句没一句地叫着，有的叫得像小孩子的梦呓，忽然来那么一句，然后没了下文；有的叫得像外婆在说尘封旧事，说说停停，似乎是欲言又止，似乎又是半已忘记。

有时在半夜，窗外月色朦胧，忽听得清寒迟缓的虫声之后，是江上轮船传来的“呜——”的鸣笛声。轮船的鸣笛声，莽撞，浑浊，嘶哑，仿佛一片黑暗凶悍的波浪席卷过来，将我们一整个江洲淹没。我们都被按进了这无边的鸣笛声里，然后浪花退去，村庄的面孔重新露出来透气——舅舅们的呼噜粗壮得像秋天的庄稼，外婆翻身时粗陋木板床想起破碎的吱呀声，蛐蛐在贴了“朱明瑛”的房门之后平平仄仄轻唱起来。我数着一粒粒虫声，像数着一粒粒纽扣。虫声把清贫的乡下之夜扣得体体面面完完整整。我睡在虫声里，不盼望长大，不盼望繁华，就觉得彼时人间安然，彼夜时光清甜。

到凌晨醒来，窗外天光微蓝，室内虫声已歇，江水的潮气伴同芦苇与露水的气息，以晨雾的姿态漫进小小的卧室内，被子和衣服凉了软了，我也凉了软了。我睡在亘古流淌的长江之侧，船声、水声、草木摇曳之声都近在耳畔。彼时懵懂不知，渺小卑微的自己于古老的长江而言，恰似一只小虫暂时卧睡在松软的土穴里。

# 湖　色

去年夏天，搬到合肥滨湖。自此，翻开了我面湖而居的一页页时光——这湖，是方圆八百里的巢湖。

最美是湖色。青绿，黛蓝，水墨，月白，都是湖色……住在湖边后，才知湖色万千。

湖绿，是湖的主色调。

尤其是春夏，在艳阳高照之下，汤汤湖水缎子似的在阳台外浩渺铺开。湖水之外，是绿草如茵、绿树团团的湿地，湿地的尽头接上连片的城市楼宇……有时风吹湖面，那些微微翻卷的鳞浪闪烁着层层叠叠的银色，仿佛湖在艳阳下走动，每一步，都是珠光宝气。

赶上起风的日子，湖上蒸腾的水汽被长风吹散，视野格外开阔，方圆百里的湖景尽收眼底，此时湖像是又生长了几百里。远处起伏的连山，湖中心的姥山岛和岛上的文峰塔一一清晰可见，仿佛淡墨扫出来的。立于十五层高楼上俯望眼前浩浩碧波，常常疑心这湖水、湿地、天空和城市最南端的层叠楼宇，会一不小心就漫漶到我书房的宣纸上了，漫漶成日色下鲜妍明媚的青绿山水画。

当日头偏西，光芒渐收，一片浩瀚的靛蓝天空倒映在辽阔的湖水里，此时湖色渐深，仿佛沉淀下无限深情。远处，城市高架上的汽车呼啸声、白色屋顶的工厂里机器工作的轰鸣声、商业街里招徕顾客的吆喝声、写字楼里人们敲击电脑键盘的嘀嘀声……这些繁茂生长的市声，在楼宇街道之间或长或短地传播。然而，在湖边，却只有风声、水声，只有风声水声之外的寂静。这一片盛大的水域，似乎把遥遥传播而来的市声一寸寸抿入，然后吐出大于方圆五百里的寂静和生机。

夏秋的黄昏之时，湖水的西面辉煌耀目，那是西天云彩的倒影。在这个城市里，只要在黄昏时一直往南走，沿着包河大道，或者沿着庐州大道，往南走到湖边，在晴天就一定会遇见巢湖晚照。在西天，那些还没回家的云朵，被夕阳晕染着，成为一片蔷薇色；蔷薇色的下层被晚风吹成了樱桃粉；樱桃粉的下层紧贴着靛蓝的天幕，又被染成了丁香色或香芋紫。是的，在湖边，我常常遇见紫色的云朵。这些色彩斑斓的云朵在天空蓬蓬铺开，好像姹紫嫣红的花园，而这一个美丽的大花园又被浩浩碧波尽收于湖底，借着鳞浪层层，一直灼灼颤动，直到夕晖完全融化于天空。

夜幕降临之时，远处的连山隐去，近处的华灯初上，白日里那一片青绿的湖水此刻也仿佛凝眸深思，成为一片凝重庄严的黛蓝。晚风自湖水之上拂面而来，仿佛揉进了一种属于农耕年代的古旧的潮润与清芬。我想，湖水的对岸，也是这座城市的对岸，定然有一片比湖水更为辽阔的田畴与旧时家园。

这夜色下的湖水呀！真让人忍不住起了乡思。乡思也像入夜的湖色一样，静穆，辽远，悠长……

有许多个春冬的清晨，一抬眼看窗外，是蒙蒙水汽里的巢湖日出。彼时，看不见湖，只看见茫茫的一层月白色，浮荡在窗外，没有边际。然后，一轮朝日红豆一般，从水汽里凝结而出。曙色一层层向上扩展，东方的云天一层层被染成胭脂色、雪青色，直到被喷薄而出的太阳照亮成纯粹干净的天蓝色。其后的湖面上，白茫茫的水汽渐淡渐消，潋滟湖水之上，连绵远山像是被朝日喊回来了，姥山塔影也一寸寸回来了。

和远山与塔影一起重现于朝阳下的，还有湖上的船，那应该是巢湖蓝藻打捞船——我说它是巢湖卫士。

“住在湖边，有味道吗？”有时会遇到这样的好奇询问。他们说的味道指的是蓝藻暴发产生的臭味。

我说：“散发味道，那是从前的事了。我住的这两个夏天，从来没闻到过味道，倒是赏足了好一派万千湖色。”

月白色的晨岚，黛青色的远山，碧玉色的湖面，湖蓝色的打捞船，金色的朝阳……清晨不到六点，湖上已是光芒万丈。

我常常是被嫣红的巢湖日出唤醒的。我想，这个城市也是吧。

# 叶落满城

印象里，合肥两个字，总是敷了一层薄薄的霜意。

好像每次去合肥，都那么巧地赶在了深秋或初冬，从水汽漫漶的长江之滨出发，一路北上，三个小时的车程，便到了合肥。下车，出站，汹涌人流和薄寒而干燥的空气劈面扑来：这就是合肥。

深秋去合肥，一定要到芜湖路去走一走，只为了那长路两侧的老梧桐。那些老梧桐，我猜起码也应该有父亲一样的年纪了，伸手去搂抱它们，我这样的怀抱，自是抱不过来。往上，是伸向空中的斑驳的枝干，白色，矫健有力。金黄的叶子层层叠叠，贴在云朵之下。

若是赶上风日晴和的天气，在霜色消失的午后时分，一个人走在芜湖路的树荫下，像一片落叶在微风中那样悠然地走，真是件美妙的事情。金黄乃至泛出霜红的叶子，将穿过枝叶播撒下来的秋光也晕染成了玉米糊糊了，那样稠厚而有质感，有一种暖老的妥帖安稳。可是横穿马路时，不经意往远处投上一眸，只觉得时空错乱，仿佛倏然间走进欧洲的古堡里——马路两边高大的梧桐枝丫相互牵手交叠，搭建起来的金色浓荫简直是欧洲文艺复兴时期油画里的一道长廊。这长廊的用色比凡·高的向日葵黄还要饱满，还要沉着。

原来岁月并非永远是一道无情的魔咒。岁月流转里，梧桐终于从当初的单薄新绿换作此刻这磅礴大气的金黄。

在合肥，还有一条路，也是因为树才记住了它的名字：红星路。那是一次去朋友家，也是秋天，在他们家后阳台一站，迎面撞见了一棵老乌桕。黑瘦嶙峋的枝干上还点缀着寥寥几片醉红的叶子，有些冷清。树下那一条红星路也是细瘦的，路两边的房子有种小庭小院的古朴与苍老。这一块是老城区，朋友说。在红星路的人家阳台上，暮晚时分，很适合吟上几句马致远的《秋思》：枯藤老树昏鸦……有一种凄凄然的诗意美。是低温的诗意。跟芜湖路的梧桐相比，芜湖路的秋天是一场盛大的节日，这里是小民的低眉顺眼的烟火小日子。

有意思的是，在长江之滨的芜湖，也有一处可以入诗入画的地方，好像叫九华山路。那路两旁，皆是银杏。秋天我坐车经过那里，满目是杏黄色的树，叶子还没凋，葱茏一片，风姿绰约。也许是滨江的原因，也许是芜湖这座城市本身就极具一种雍容华贵的脂粉气，九华山路的秋日银杏，那些黄叶肌理间似乎还含足水分和香气。晚风经过，有几片叶子摇曳着娇小身姿，落下来，落在行人肩头——很有一种风情美。我很想做一桩大媒，将九华山路的银杏配给芜湖路的梧桐，如果它们真的懂得风情的话。

我有个想法，到了深秋天，应该将合肥芜湖路的环卫工人统统放假回家——满街的落叶就留在那里最最好了。是啊，待霜色渐浓西风早早晚晚刮起，去芜湖路看那些金色的叶子从高高的云头上落下来，一片片，一阵阵，多好。在这条深深浅浅的铺满落叶的路上，与可意的人儿相约牵手，踩着簌簌簌簌的落叶，一起描画未来，多好。或者在这条路上，跟相伴了大半辈子的那个人一起散步，一起回忆早年的时光，多好……

因了这条植满梧桐的芜湖路，我喜欢这霜意浅浅的合肥。在秋天已经过去的时候，在这距离合肥三个小时车程的长江边，我在电脑上敲出“合肥”两个字时，眼前忽地展开一幅画来：月落的后半夜，包公祠的亭台石阶上满铺了一层毛茸茸的白霜，四隅寂然。芜湖路上，夜风把一些梧桐叶从枝头送到人家的房顶上，送到窗台边，送到马路上。甚至，在风那长长的手臂之间，这些落叶又被送到了另外的一些街道、一些楼顶和庭院……早上，有一个风雅之人打开门，叹道：呀，叶落满城！

# 秋荷袈裟

我见过月下的荷塘，在初冬，静如古寺。

在月光下，在瓷片似的一面浅水里，那些老了的秋荷，茎秆断折向水，仿佛化作了拐杖。那些被秋风还没有完全收尽的老荷，稀疏的，伶仃的，拄杖扶拐地低头回去了。

它们要回到水面之下，回到淤泥里，回到已经过往的那个春天里……来年的荷塘上，是又一春一夏的新荷。

少年时，月下行路，路过秋冬时节的荷塘，我心里有怯惧。总觉得荷塘上有缥缈的啜泣，有隐约的叹息。残荷老尽，连听听枯荷雨声也不能够了。

那是水上的一座废墟。

可是，人到中年，赏过了春天的新荷出水，赏过了夏天的翠盖翻卷和红荷映日，到了深秋，最想在一池的枯荷老荷边坐坐。

一个人坐坐。这样独坐的时光，简直像是生命之中的一处虚笔。

前半生，读书求学，结婚生子，事业求索，空间拓展，一桩接一桩，一笔接一笔，落得太密了。所以，后半生，我愿意缓下来，不那么急，多一点无为的留白时光，给自己。

这是最寂静的荷了。向虚而生。

蛙鸣阵阵，夏虫唧唧，采莲人的笑语喧哗，这些荷塘的热闹，现在全都退场。现在的荷塘，每日都在删减，每日都有告别，进入了一年中烟水茫茫的虚笔章节，预备着一冬的留白。

看过许多幅题为《十万残荷》的水墨画。不知道第一个取这画题的人是谁，实在是个手段凶狠的画题，极尽悲壮，极尽萧然，极尽惨烈。十万残荷，残荷十万，想象那荷叶在暮霭里，在月光下，集体赴死，集体阵亡，只留下一个追思的现场。所有枝叶，都身着黑衣，垂眉低首，为永不返青的生命默哀。

每次在《十万残荷》的画前，心都会有一种钝痛。我常想，能一笔一笔画下十万残荷的人，该是男人吧。大约只有一个阅过风霜历过劫难的男人，才会有结实的内心，才会在一叶又一叶的颓败面前落得下去笔墨。才能够从容向晚，静默向寒，才有胆气向枯败之境挺进。

年轻人画不好十万残荷，小女子也画不好十万残荷。画残荷的墨里，该要落一点铜和铁的锈才好吧，那种沉重和斑驳，是时间的锈迹，是苦难的血迹。那样的笔墨，提不动。

我独坐在深秋乡野的荷塘边，身边芦苇萧瑟，菰蒲枯黄。我眼前的荷叶，像是心意已定的禅者，昔日的好颜色不要了，楼阁殿宇样的莲蓬也不陪伴了，它们垂首静立在水中，在夕光里，以枯萎凋零，自度这剩下的光阴。曾经那宽大的叶，像一只贪婪的手掌，向上，向上，要阳光，要雨露，要微风，要花香，要万人的赏识，要世间的赞誉。现在，手掌收拢，放下。

秋荷是水上的行者。从荷钱小小，走到青枝嫩叶、花开婀娜，走到此刻。

我是岸上的行者。

我面对秋荷，像面对将老的自己。

石涛有一幅《行到水穷处》的墨荷，很有一种清淡野逸之趣，颇似我眼前的一池乡野秋荷。画的也许是夏荷，可是分明有霜气。

行到水穷处，坐看云起时。那云起，一定是在岁月波涛里颠簸、在尘世困境里突围，然后升华出来的轻盈无色的内心。

石涛也有一首题墨荷的诗：墨团团里黑团团，墨黑丛中花叶宽。试看笔从烟里过，波澜转处不须完。

说的是作画理论，细想，又有人生之理。人生，活得太实，总归是笨拙昏沉的。空阔广大的地方，从来人影清冷寂寥。

石涛作此诗时，正是一个身着一领袈裟的僧人。

而我眼前，一支支秋荷，挑着低垂萎缩的荷叶，正像举着一领领赭色的袈裟。

能一日一日，寂静无怨地老下去，也是一种慈悲吧。

# 舟行水上

这是夏日里的长江，江声浩荡。我在安庆看划龙舟，龙舟在江上。

碧绿的安广江堤，枕着茫茫大江，江堤上撒满了各色人影，奔跑的，拍照的，举伞歇凉坐等观看的……隐隐约约有鼓声在风里传送，放眼寻去，是江对岸的铁铜乡龙舟下了水。两条龙舟，像两条浮出水面的鱼，在戏水欢歌。此岸的联兴村江岸边，有三五条龙舟泊在芦苇与水草之间，龙头上红绸飘拂。

“来了！来了！”人群向江边涌动。一行身着红衣的汉子，从我们身边经过，然后下了江堤，一一登上龙舟。擂鼓的汉子站在船头，掌舵的在船尾。一会江堤上又下来一列黄衣汉子，上了另一条龙舟。鼓声锣声铿锵响起，又杂着鞭炮声，两条龙舟，像两条龙兄弟，一前一后，在芦苇与水草之间划开水路，就上了远处的江面。

一进入江心，龙舟的性子就起来了。咚咚哐——咚咚哐——木桨合着鼓点，水花溅起，落下，溅起……两条龙舟，一红一黄，在浩浩荡荡的江面上，逆流而上，高扬的狼牙旗利刃似的削着长风。众人划桨，一起一落，都整整齐齐地落在密密的鼓点里。

他们越划越远，已经看不清一个一个的汉子，只隐约感觉到所有的木桨连成纹理相连的一支独立的木桨，所有划船的臂膀紧紧排成一支巨大的臂膀，所有身着红衣的、黄衣的划船人和龙舟融合到一起，在水和阳光之间，融合成迸发力量的独立个体。

骄阳底下，大江两岸，农历五月的碧草绿树在江水里投下参差倒影，依江而居的村庄被风日照拂得像一串串成熟甜透的果子，偎依在深深浅浅的绿色里。那两条已经划远的龙舟，在叉江口掉头，一前一后，相继往回划。鼓声随着江风传送，化作千万余音，蹦跳在木桨上的浪花里，蹦跳在江面上的水光里，蹦跳在两岸的芦苇与青草的叶尖上，也蹦跳在我们的心弦上……借一江夏水，我的血液似乎也和龙舟汇合上了。

那两条龙舟，在往回划的水路上，又迎来了两条新的龙舟的加入，他们组成方队，向着下游而去。龙舟和龙舟之间，似乎在比着力量。可是，那一群龙舟又像是合伙起来，跟滔滔大江比力量、比志气、比豪情……

我不知道延续了几千年的划龙舟在古代是怎样的风景，我只感动于眼前的一江清水浩荡东流，我只振奋于此刻龙舟御风快行的豪情与志气。

这个世上有许多种舟船，大多数的舟船都是因为功用而存在，或渡物，或渡人，但只有龙舟，行在水上，是为展示一种众人划桨齐向前的团结和力量，展示一种不甘人后的奋发进取精神，展示一种人在天地之间、在江河之上精神勃发而生活的状态。

长江流不尽，中华文化源远流长，一代又一代的炎黄子孙，在中华大地的江河之上，众人齐划桨，以龙的姿态，争上，争上……

转瞬间，这一支龙舟方队也迢迢地划远了。凉软的江风吹过江水，吹过芦苇，吹过青草地，吹过观看龙舟的人们……此时，只有隐约的鼓声，只有风声。所有的人，都似乎沉浸在一首吟咏了几千年的风雅长诗里。唯有江水是醒着的，在长风吹拂里，粼粼颤动着活泼的银光。

总觉得，那些意气风发的龙舟要行在中国的江河上，才庄严隆重，才振奋喜庆。可是，这龙舟竞上的图画背景，应该是什么？

是清水。是绿树。是安宁祥和的村庄连城郭……

一年一年，龙舟在端午下水。一代一代，祖父把划船的木桨传给父亲，父亲把木桨交给儿子……当30年后、50年后、100年后，我们把龙舟交给子孙时，也一定能把一江碧水和两岸绿色家园交给他们，做他们舟行水上的大背景。

舟行水上，舟行远方……百川千湖汇聚成天下之水，百万龙舟携带两岸绿色家园，绘就天下最美的风光。

# 我这江北的雪

雪，天和地共做的梦。

醒了的人，走在天地的梦里。那一刻，我举着伞，走在去看梅花的路上。

雪在舞，花在开，一把小花伞于无人处收起来。仰面，抬一抬睫毛，拈几朵雪花，江北平原上，此刻，我是一朵盛开的梅。

从哪里忆起呢？前半夜，还是后半夜？

前半夜，我在等。一盏灯下，百无聊赖，读欧阳修的《玉楼春》：别后不知君远近，触目凄凉多少闷。渐行渐远渐无书，水阔鱼沉何处问。那时，玻璃窗外，是一片湿漉漉的夜，像幽深的古井，远近的灯火是沉落在井底的点点寒星。天气预报早把雁书传，七岁顽儿在脚边跳，嚷嚷着雪中的那些把戏。我假装不急，将手中的宋词又翻过一页。楼外的夜雨，点点滴滴，像个省略号般意犹未尽地痴情。经年未见的雪，想来还远吧？

后半夜，人已静。簌簌的，翻身，是枕上的梦碎了。还是簌簌的，在窗外，在千万片的香樟叶上，在肥硕的广玉兰叶和掌形的棕榈叶上，在枯草的断茎上，在水泥院墙的裂缝里……落雪了！我醒了。是落雪了！在灯熄人静的夜，雪自我的听觉里来到了江北平原。像舞台上的戏，黑而重的幕布还没启开，水袖也未见抛甩，一截清而雅的唱腔自帘后迢迢地绕到头顶来。想见吧，一睹芳颜？头侧了侧，赌气，不开窗，不见。就由它在窗外抒情到天亮吧，我曾等了那么久！窗外的雪依然柔柔地落，那声音是轻的，轻如宫娥的舞步乱在丝帛的毯子上。心满意足，再翻个身，睡去。各自做梦吧！各不惊扰。

早上起来，开窗，白的了。也不全白，院墙那一角，老白菜的大叶子还露了些青绿色的边边，菜畦沟还是国画里晕染的浅赭石色。如果天地真的在做一个迷离的梦，在江北平原，这梦是微醺的。是的，不是一塌糊涂的深度的醉，不是忘了前世今生的长梦大眠。

落雪的江北平原是秀美的，只敷了层淡粉，依然唇红齿白，眉清目秀。

雪在微风里漫天舞着，伴着的轻音乐只萦回在大地的胸间，慢拍子自己踩，自己踏，怕扰了人。雪落在葱绿的香樟叶上，风摇落了些，又添补了些，似谁在摆弄一副祖传的磨盘，只磨得香樟的叶更翠了。雪醉卧在一树梅花淡黄的蕊里，温柔乡里不愿醒，醒了，就是蟒袍玉带的富贵春。

乘兴，上无为大堤，走成这幅江北国画里的风雪问路人。堤畔上的雪只半个指头深，刚刚盖住了草根，只剩下枯草细弱的半截身子在风里伶仃晃动。堤顶上的雪，在来往的车轮下早化了，独余下青灰干净的柏油路面。却嫌脂粉污颜色，蜿蜒的一道长堤清新得如大唐虢国夫人的细眉，袅袅地往远处去了。堤脚下，沿堤镶着的一大片杨树林，也落光了叶子，剩下浅褐色的枝丫在半空里横竖撇捺，象形字一般。堤顶上俯瞰那一片整齐的人工植的杨树林，立在落满白雪的沙滩上，似一首七律，雪是韵脚。远处，覆了雪的田野越发空旷而平坦，大地是卷在书柜里的一叠上好宣纸，这一刻，拿出来，辽阔地摊开了，只待落墨。凝眸处，油菜的绿浅了，朦胧成一片淡白了；遗在地头的棉花秆稀落落的，远看更黝黑了。或疏或密的水村安静地窝在天底下，红房子，白屋顶，高高低低地错落着，国画大师皴擦出了层次。小河也让这雪哄得安静了，盈盈一带白水，映着两岸细瘦树木的淡影。似书页间夹着的一张黑白照片，抽出来了，摆在暗淡的天光下，一丝时光的凉。

至黄昏，回去顺路二度访梅。梅的枝又添了几分横斜，晚风拂面，一阵阵冷香袭人。人在梅边，绕阶徘徊。想幼时观过那么多的寒梅图，没有一幅对得上眼前的这一树冷香。那画里的枝干是黝黑盘曲而嶙峋的，是稀落的几朵红梅花，孤零零地艳着。即使多了，多到一丛一簇，那笔法便显潦草。人在画边，只有领受那生硬的傲骨和逼人的寒气。可是，在江北，在庭院，雪是有那么三分薄的，梅便少了几分凛冽逼人的刚硬和尖锐，而添了几分俏丽。江北的雪中梅，干不甚盘曲，枝繁密也有几分细弱，迎着雪伞似的撑开了一树的香。叫人想起二十世纪七十年代生的一些握笔人，年轮里没有浸染烽火屈辱，在相对安静而贫瘠的环境里成长，文字自有一分平和清逸之气。念此，忍不住又抬眉细看微风里的这一束枝丫，看一枚枚淡黄的瓣围起了一朵花碗，雪就浅浅地盛在里面了。由此，相互成就，梅有了雪的白，雪有了梅的香。

江北的雪，在一朵朵蜡梅花的玉盏里浅斟低唱，便越发秀气了。

# 梅花不急

梅花开得迟。梅花不急。

出门回家，路过一棵蜡梅，正开花的蜡梅。梅树的叶子几乎凋尽，只一树的蜡梅花冷冷淡淡开在嶙峋的枝干上。开得漫不经心。

此时，冬至已过，万木萧萧，它是独一无二的芳，独一无二的华。可是，那花依旧开得谦谦有隐者之气。

迎着那冷香，我走近折了一枝。短短一截梅枝，上面缀着五朵嫩黄的花儿，像宋代的仕女，身着秋香色罗裙，贞静端立在黄昏的宫阶前。

回家将梅枝插进淡绿的细颈瓷瓶里。一下午，梅在书房里，幽幽地吐着香，像是低声部的吟唱，从楼窗里远远地传来；又带着点叙事长诗的味道，婉转，朴素。

冬天，在这不紧不烈的梅香里，就此算是真正地开场了。

记得少年时，外婆家屋后也有一棵蜡梅树。蜡梅树是我的大舅栽种的。大舅爱养花，蔷薇、大丽菊、美人蕉、君子兰，还有牡丹和芍药……实在是多。我那时一去外婆家，就爱去那些花边草边转悠，心里觉得无限明媚。但对于蜡梅，我心里哂笑大舅的审美。蜡梅树那时看起来实在貌不惊人，完全不像能演绎一段传奇的角色。

外婆的后院，春天里，桃花杏花闹哄哄地开，气场盛大逼人，狗都安静不嚷了，终日窝在屋檐下晒太阳。我那时常常仰面在树下，等花瓣落到我脸上来——蜡梅树呢，只是在吐叶子。吐出来的叶子也俗常得很，惹不起人的兴致。夏天，篱笆旁的木槿枝上也眨巴眨巴地开起紫红色的花来。在花少的长夏，细端详那木槿，也还有几分动人的颜色。蜡梅呢，叶子倒是和木槿的叶子长得一样厚，可依旧寒门模样，片花不着。秋天，沙地上的庄稼收回来了，乡村人家的门前，桂树终于开花。桂花的香，涨得一个村子都清甜起来，很有些五谷丰登的意味。

我站在外婆家的后门槛上，闻着空气里满溢的桂香，心想：蜡梅啊蜡梅，你怎么办呢！就这么什么都不交代？

蜡梅树依旧缄默着，静静地立在后院里，人家长叶子它也长叶子，人家落叶子它也落叶子。它如何知道，一个小女孩已经在逼视它。逼视它生长的意义，怀疑它存在的价值。

逼视也无用，怀疑，它也不急。它依旧安然走着自己的时令，长路迢迢，它似乎有的是耐性。

不记得是在哪一阵冷风里，忽然就闻到了花香。好奇寻到外婆的后院，看见落光叶子的蜡梅树上，有黄色的花朵打开，三朵两朵三朵，像是各开各的，又像是呼应着开。更多的是花蕾，一粒粒的，像攥紧的小拳头。拳头里握着花香，也握着力量。

梅花到底还是开了！

我站在花树下，闻着冷香，觉得这香味沉实。若能把花香也拿到秤盘上称称，梅花的香一定比桃花杏花的香要重。

我回家，跟堂姐描述：外婆家屋后有一棵蜡梅，在冬天开花！好香好香！

实在，梅花担得起这传说！

梅花的传说，是一段用低声部在民间吟唱的传说，初听平淡，细思感怀。

有些人的人生，其实就是一段梅花的传说。

他在成长的过程中，一定遭遇过漠视，遭遇过嘲笑，遭受过排挤。就像我对待外婆家屋后的那棵蜡梅，我无视过它的存在，哂笑它不会开花，我甚至建议舅舅砍掉梅树，好让芍药海棠们喧哗地开。

但是，梅花没有抱怨，它依旧静静地生长，笃定地伸展枝干。它只有一个信念：我要生长，生长，生长——长高，长粗，长得根脉深深扎进宽广土地，长得枝叶可以涨满一座院子……

长得所有的花都开过了。长得所有的叶都凋尽了。它才长舒一口气，开了。

顶风冒雪，寂静盛开。

是寂静盛开。一朵花一盏雪，一树花一树雪，即使开得肝胆欲裂，也是寂静盛开。

苦难太深长了，所以，当最后一展芳华独自绽放的那一刻，它是静穆的。

苦难太深长了，所以，已经习惯低调，已经懂得从容，已经能稳稳沉住气。最后，当天地将一年的光阴交给它来压轴收梢时，它已无意哗众取宠，无意显摆炫耀。

楼下的梅花，依旧在漫不经心地盛开，漫不经心地零落。进出小区，我常常会路过它，我默然走过，觉得自己心上也开着一枝冷梅。我心上的这枝梅，也没有委屈，没有抱怨……只有不急。

我不急。这么多年走过来，已经不急。

不急，大约也是一种雍容。

# 第二辑 向远方

火车仿佛经过我的窗前，带着东方地平线上青草的气息，然后远去。此刻我恍惚站在岁月的梧桐树下，看见我经历过的那些时光也火车一样远去，远去，天涯茫茫不可见了，那上边有我念念不忘的旧事与旧人。

# 春风里一直走

15岁，正上中学，读《红楼梦》，读到落花天，黛玉葬花，泪吟《葬花词》，读得一颗心一点点凉下来，上面像是覆了一层薄霜，朝夕拂之不去。

也许我是从读《红楼梦》开始，整个人忽然觉悟了似的，开始伤春，开始忧叹我的少女时光有一天也会如水逝去，永不再潮涨回来。

那时我家院子前有一棵桃树，也正是开花落花的时节。放学回家，我搬把椅子到花树下，一个人坐在花荫里，坐在晚风里。抬头低头之间，但见一片片花儿，摇漾飘零，有的落到邻家小屋的灰瓦片上，有的漏进花树边蔓生的萱草丛里，有的落进池塘里，春水涣涣尽是别离事。也有一些花儿，就那么纷纷扬扬地落在我的身上——在我的发上、我的书里、我的怀里。我真是想哭啊，觉得自己就是这落花，又美又轻，有一天也会随风飘零，谁也无法预知我将来的命运。

“桃李明年能再发，明年闺中知有谁？”我知道，有一天，我会长大，离家，会嫁人，然后枯萎老去。我多么害怕。如果嫁的人很陌生，而我又不喜欢他，那该怎么办啊！

春暮，阳光没心没肺地大好，全然不领会一个少女的伤春情怀。镇中学坐落在江堤之下，周围一片田野，彼时大片大片的油菜花已落。有一天午后，我去上学，一念生起，忽然绕道走到田野那边的小径上去。那是一条少有人走的小径，我看看四下无人，于是钻到小径旁边的油菜地里哭。没有什么重大的理由，我就是想哭，想要流一点儿眼泪出来。没有理由的哭泣，想要持续长一点时间是很费事的，因为哭着哭着，眼泪就断流了，可是我还不舍得退场。于是，我就在心里翻腾了一下，抄家底似的，把自己记得的那些伤心的事儿在心里全过一遍，以此挑动我的泪腺，就这样，我坚持着又哭了一会儿。

泪还没拭尽，我忽然看见我表弟远远地来了。天，我那调皮捣蛋的表弟，他怎么大路不走，偏也走这荒僻小径！我不敢磨蹭，慌忙起身往学校奔，怕他知道我偷哭会笑话我。

我才知道，忧伤表露出来是不妥的。真的忧伤，应该不言不语，深藏内心，或者像林黛玉那样，写写诗，聊寄衷肠。

当我开始学着写诗时，我发现，我喜欢上了一个男孩子。也许是我喜欢上那个男孩子，然后才开始写诗的罢。天啊，就要初中毕业各奔东西了！那个男孩子，我感觉，他也是喜欢我的。没有人的时候，我发现他看我的眼神缥缈而忧伤。有一天早晨上学，我早早来到教室，我发现他来得更早，一个人坐在我的座位上，低头看我在课桌上胡乱写的那些长长短短的句子。那些句子，无非是为赋新词强说愁之类的，什么“自是人生长恨水长东”“只恐双溪舴艋舟，载不动许多愁”……他看见我进了教室，连忙起身，低头浅笑，就走到他自己的座位上坐下。空荡荡的教室，就我们俩，但我们没有说话。

临近毕业的那个春天，同学之间开始疯狂照合影照。有一天，他借来一个相机，说要给我和另外几个女同学拍照片。我心里小甜蜜，可是又有一点小嫉妒，因为他除了给我拍，还给别的女同学拍，我不知道我是主还是次。我怀着复杂的心情，跟他一道去学校外边的田野上找景致做背景。

同去的女同学，选中一块紫云英花田，她们站在茂盛的紫云英花丛里，笑颜如花。他举着相机，也笑嘻嘻的。我看着他对她们笑，心上无限落寞。我想，离别在即，他好像一点都不悲伤，他对我大约也无多少留恋难舍的情意。只有我，一个人在内心深处，演绎着离别的痛楚。

他给她们拍过，然后叫我。我说，我不要站在开花的紫云英里照相。我选中了紫云英花田尽头的一棵树，那棵树大约是乌桕，叶子还没发出来，又或者是枯死了。我觉得那棵光秃秃的树，片叶不着的孤独，刚好应对了我内心的孤寂凄楚。我就依着那棵孤独的树，在春天，无限悲伤地看着他举着相机。

后来，我们还去小河边拍照，去木桥上拍照。照片洗出来之后，他送给我。我说我最喜欢孤独小树做背景的那张，他没有说话。她送照片给另外几个女同学时，他们一起说说笑笑，可是和我，更多是沉默无语。我忽然想起大观园里的贾宝玉，他有那么多的姐姐妹妹，他怎么会留意起黛玉的伤感!

也许，我的少女时代将从此薄雾轻扬，唯余下黯然惆怅。春风十里，花开草绿，但我是孤单的旅人，行走在季节之外。那时，我这样悲哀地想。

我和他后来甚少遇到。毕业之后，各自求学，各自走在各自的人生轨道上。只有一年春天的假日，他骑车路经我家门口，远远摁响自行车铃声，我抬头看看，没有和他招呼。他侧脸看看我，也没有招呼，就那么又骑远了。我看着他的背影一点点变小，知道自己的无力。

我以为，我的忧伤，像一条射线，只有一个端点，在我的内心，却不会抵达另一个人的渡口。

在以后的日子里，在完成了一天的功课之后，晚上躺倒在床，我会习惯性地小忧伤一下，然后把这些忧伤凝结成诗句。一本米色封面的笔记本上，渐渐，就写满了一页页的小诗。然后，文笔一日日地好，作文屡被语文老师当成范文在教室评奖，自己渐渐成为被全校老师和同学知晓的所谓“才女”。

后来，在一个全国性的文学大奖赛上，我的一首小诗获得了三等奖。我捧着奖状，想起当年写诗时的忧伤，只觉得恍如隔世。

我以为我会恋恋不忘，一直忧伤下去，像个林黛玉，在20岁之前，悲伤死去。其实不是。一路走，时间一路稀释我的幼稚和忧伤。直到长大，心态从容，坦然面对生命中的别离和缺憾。我知道，还会经历新的忧伤，但已经不怕，因为时间绵延，还会继续走下去。

多年之后，偶尔想起那年读《红楼梦》时的哀戚，不禁莞尔。回头审视一路走来的自己，有时是落花，有轻盈的美，但不至于轻到无力，不是飘零在风里没有方向。快乐的时候，我是惊蛰后的春泥里一粒饱满的种子。悲伤的时候，我是海底一只内蕴光芒的微微疼痛的珠蚌。

偶尔也会想起当年偷偷心动过的那个男孩，想起因他而生的忧伤。同学群里，会不经意间打听一下，得知他生活得很好。我也生活得很好。在春天远去的那些庸常岁月里，我们像一株花落之后的植物，蓬勃生长，叶子茂盛，蔚然成荫，这是生命的另一种气象。

如今，我依然喜欢春天，春风里看花落，依然会有小忧伤，但是，我不会停止步伐，沉溺于忧伤。我喜欢，在春风里一直走，一直走下去……前方星辰大海，满世界的花儿都像是从我袖子里飘落。

# 多少城市，只在遥望中

每次立在西门车站的候车大厅里，一个人，孑然得像池塘中心的一根芦苇。然后一挑眼，撞见四号检票口上方“扬州”两个字，蓝色的宋体字，清瘦挺拔，仿佛是细腰的景泰蓝花瓶。

对扬州，从读“烟花三月下扬州”那一句唐诗起，便开始迢迢的向往，可每次手指间捏着的车票，都不是到扬州的。每次，都是这样遥望着，隔着几道检票口，目送着那些陌生的面孔，一个一个，通过检票口，踏上去往扬州的车上。我的扬州，始终与我隔着一道风烟弥漫的旅程，风烟弥漫啊，其间，多少山脉，多少河流，多少灯火与客店，都在一片看不见的茫茫中。总那么远，以至于偌大的扬州在我的时光里渐渐消瘦，消瘦浓缩成一只小小的景泰蓝的瓶子，在心底了。

也常有朋友从扬州回来或经过，总禁不住，拉着她的袖子，问瘦西湖模样如何，怎样的瘦，怎样的长？还有二十四桥下的月，满的还是也瘦了？瘦得弯了腰……得来的答案常常是模糊的，像毛月亮晃动在起了风的湖水里。于是回家忙忙摊开地图来，找到“扬州”两个字，手里提了笔，去描画去往扬州的那一截蜿蜒的细线。让一支笔，代替脚步，在一方蓝色背景的纸上，寻觅着花红水绿的扬州城。

印象里，南京也是风雅的。婉约的秦淮河，水上胭脂色，风里琵琶声，间以旧文人那一些风流的过往与陈迹。

也因此，遥望多年中，南京终于去成。其实，就是一张票的事。

和朋友们一道，走在南京的大街上，抬头看见老梧桐的稠厚的叶子，满满覆盖住了天空，连空气仿佛都沾染了梧桐叶的青气。步子禁不住缓下来，心也是被映成青色的了——以为，就这样贴近了梧桐叶味儿的南京！像在舞台上，风流小生陡地捏住了花旦青色的水袖，一步步近前来，肩碰着肩，四目相对的欢。

朋友请我去看昆曲，心下欢喜一片，只是，因为赶一个晚宴，错过。好生遗憾！想象着，夜未央时，灯火阑珊，一个古老的南京城就快沉进梦乡里，在大剧院的舞台上，一截又亮又滑的唱腔在半空里荡开去，翠生生的丝绸一样，铺开来，熨帖着微醺的心……昆曲，该是风雅南京隐在薄衫底下的一粒朱砂痣，要日日夜夜的相守相顾，才能抵达它的美吧。

南京的昆曲，从此心上挂念。

后来，又谋划几次去南京看昆曲。朋友说：老中青三代同台演出，你一定要来啊！这厢咬牙切齿发誓道：一定！一定！可是，到底未能去成。成了家有了业的人，就像一只拴在桌腿上的猴子，为吃为穿为他人叫的那一声“好”，每天踩着锣鼓声蹦跶，翻跟头，八方讨好，耍尽鬼脸，但始终，你只能在画了白线的圈子里。

入夜，待家人睡下，悄悄打开音箱，调低音量，点孔爱萍的《寻梦》来听。“最撩人春色是今年。少甚么低就高来粉画垣，原来春心无处不飞悬。”从此，南京于我，最撩心儿的，不是灯影叠叠的秦淮河，不是那些又粗又茂盛的梧桐树，是清丽柔媚的昆曲啊！南京，以及南京的昆曲，从此凝成一个梦，在许多清寂的夜晚，我是那一个柔肠百结的寻梦人！

有些地方，脚步未到。有些地方，脚步到了，但，精神隔着。这种隔，像快餐式的旅游，围着一截旧城墙走了半个钟头，浮光掠影，一个城市，她最隐秘的美，与内核有关的，总无法触及。

多少城市，多少未实现的梦，只在层层遥望中。

# 夜读白帝城

我是一路吟着李白的“朝辞白帝彩云间”的诗句去寻访白帝城的。临近白帝城时，已是“一轮残阳落水中，半江瑟瑟半江红”的日暮时分。远看白帝城，苍茫暮色里，位于山水之间灰瓦白墙的白帝城如同一个羽扇纶巾的白衣书生，朝对江水，暮对江水，吟咏着沧海古今的诗句。

登岸辗转，登上白帝城时，已是一弯新月斜挂天宇。借着朦胧的月光，吹着被江水凉透的江风，首先拜访的是三国刘备的托孤堂。白帝城的建筑和景点主要以反映三国历史的居多，而真正意义上的白帝城和白帝庙早毁于明清，所以有白帝城里无白帝之说。这也是明朝时期人们的所谓正统思想作祟，不愿再供奉一个割据一方的所谓的乱臣贼子。

托孤堂里摆放的是一个大型泥塑历史人物群，正对面是战败东吴忧伤成疾、卧榻托孤的刘备。他神色憔悴，饱经忧患。他的斜对面是青布长衫、手执羽扇的诸葛亮。与刘备气质不同，诸葛亮的塑像睿智从容，一个高风亮节的文官形象栩栩如生。刘备斜后侧是武将张飞，另有文武官员数人。地下跪着刘备所托的两个幼子，其中历史上有名的阿斗却不在场，据说当时，刘禅正在外带兵打仗。

世人大多关注的是这个刘备一生中最后一出戏——文托诸葛亮、武托张飞的白帝城临终托孤，然而我却于这尊大型泥塑中读到了一个女人，那便是刘备的妻子。当年塑像的匠人在构思时只把这个女人的背影留给了后人，塑像里她侧坐刘备床前，扶着奄奄一息的刘备，脸对着里侧，我们无法看清她的面容。我想那该是一个流着泪的女人。中年丧夫，曾嫁给一个一生驰骋在疆场的男人，一辈子躺在马背上的男人，不曾享受到多少卿卿我我、花前月下的柔情，如今要双手送走丈夫，再双手拉扯几个孩子，以及丈夫未竟的事业。三国的历史里，从此少了一个英雄，却多了一个孤独站立的女人。为什么当年塑像的匠人不给这个女人一个正面的塑像？哪怕只是一个拭泪的身影，那也是人类情感的真实流露啊。难道世界只是男人的世界，历史只是男人的历史，男人的世界和历史里容不下一个女人正面的身影，一珠暗垂的泪滴。从来只是男人的冰冷的脊梁和不断辽阔的疆场。就连小乔初嫁也成了另一个成功男人生命华章里的一个点缀。

我无限落寞地步出托孤堂，迎面是诸葛亮的观星亭。它飞檐翘起，承载着的是千古明月播撒的清辉，在朦胧夜色里，像一个掩卷深思的书生。不是吗？当年诸葛亮不就是饱览群书的书生吗？然后在这里手把羽扇，轻捻须髯，夜观星象，运筹帷幄。一部三国历史，诸葛亮这个书生算是主角，狠狠秀了一回。

人说白帝城有诗城之美誉，这里有李白、范成大等人的芳踪墨痕，而最具代表性的要算是弃置巴蜀二十三年的刘禹锡创作的竹枝词了。在今天的白帝城里，有他的塑像一尊，陪伴他的是他身下的一池荷叶。夜色下，莲叶亭亭如盖，迎着晚风，婆娑起舞，美丽中暗藏着一份寂寥，想来刘禹锡当年的心境也大抵如此吧。他的塑像脸朝东方守望滚滚东去的江水，大概也想能如李白，坐上一叶轻舟，日行千里下江陵。看着这尊塑像，我不禁感叹，可能人的生命本质里都是一个守望者，守望飞黄腾达，守望繁盛太平，守望……

在白帝城的文物陈列室里，进门两侧各陈列一具巴蜀悬棺，虽时间历经千百年但保存尚算完好。在导游的提示下，细看却有分别，一具木质松散，稍有脱落，色彩灰黑；另一具纹理缜密，色泽如新，而其所经时间又大致一样。原来腐朽一点的那具是楠木做的，很显然出自富贵人家，而另一具是黄杨木做的，是出自一般人家。富贵人家只知用昂贵的楠木来装载亲人的遗体，却不料昂贵的东西朽得更早，而一般人家只选用了一般木材，只不过再运用一番智慧，就保存了亲人的遗体。但又一想，不管楠木也罢，黄杨木也罢，如今千百年过去了，却只剩下一堆朽骨，我们后人又知他是谁？而真正为人所记的只是那些站立的灵魂，在文字里倔强站立起来歌唱的灵魂，荷花池中刘禹锡的塑像不正诠释着这个真理吗？

夜色已深，对岸万家灯火已开始疲倦地眨巴着眼睛。我乘索道而下，享受了一回仙女下凡的感觉，但我真正感觉到的是我跨越了一截长长的时空隧道，从战火纷飞的三国历史，从文采飞扬的盛唐诗歌，从扑朔迷离的巴蜀悬棺的谜语中走出，下了凡尘，回到现实。山脚下，那些兜售小商品和特色小吃的小贩们已经收拾停当了他们的货物，准备收工回家，见着我们一队人马，低垂惺忪的双眼，都懒得再招呼一声。芸芸众生也就是这样，这样卑微而辛苦地活着，不似历史的大戏那样唱得惊心动魄、荡气回肠，或哀怨凄婉。

上了船，我与白帝城告别，推窗望去，夜色下的白帝城，更像一袭青衫的书生，以夜色做衫，以葱郁树木为袖，正拱手相送。在雄奇的瞿塘山水中我还是愿意说白帝城像一个俊秀的书生，那诸葛亮、刘禹锡，那许许多多留下墨迹的诗人，甚至于那个遇赦大喜、轻狂高歌“朝辞白帝彩云间，千里江陵一日还”的李白。

# 董铺春深

早就听人说起合肥的科学岛，说的人满是自豪的口气，听的人心上装满好奇。终于在一个春天，借采访的机缘，走进了科学岛。车子穿过一片蓊郁的林子，远远看见一片波光潋滟的水域，那是董铺水库。董铺水库的北边有一座偏东南方向延伸的绿岛，名曰董铺岛。董铺岛三面环水，中国科学院合肥物质科学研究院就坐落在董铺岛上。岛上有一大批领跑或并跑在世界科学前沿的科研人员和实验装置，渐渐，合肥人干脆就称董铺岛叫“科学岛”了。

科学岛，美而静。即使是春天，花开繁复，花落缤纷，一切都是静静地开，静静地落，远离喧嚷，不见尘嚣。临水的草坡上，垂柳被春风梳理得细细长长，树下游人也少。在小岛的另一边，还可见到几栋红砖砌就的小楼，也是静悄悄的。小楼前面，有密密的林子，杨树、榆树之类的乔木蔚然深秀。有时，林子里忽然会溅出一两声清脆嘹亮的鸟鸣，一座绿岛，在鸟鸣里倒显得更加沉静了。

就在那样的古朴简陋的红色小楼里，曾经有一批从哈佛等世界名校归来的青年科学家们在那里安置了自己的实验室。那时，他们刚刚回国上岛，岛上的科研大楼还没有完全建好，为了能尽快投入工作搞科研，他们就把实验室安进了这几栋二十世纪建造的老红楼里。四十多年的老房子，难免破旧，通风也不甚理想，遇上梅雨季节，室内潮湿闷热，蚊虫之类活动频繁，甚至有科研人员还被毒虫咬过。

但是，再简陋的条件，再艰苦的环境，都挡不住科研报国的热情，挡不住钻研科学的青春激情。他们在实验室的墙上自写自贴励志标语，鼓励自己，也鼓励同事，向科研高峰攀登。

2018 年春天，科学岛上举行了一场特别的春晚，岛上八位从哈佛归来的科学家，身披大红围巾，携手上台，深情演唱了一首《我的中国心》，歌声感动了台上台下无数人。这场特别的春晚，名叫“科学岛之春”。

当歌声在董铺岛上飘扬之时，窗外，雪花已经停止它漫然的步伐，静静融进了草间，融进了泥土，化作董铺水库里的涣涣春水。通往“人造小太阳”大装置所在的水泥路边，海棠正在打起蓓蕾；董铺水库边的垂柳，叶儿们正在摩拳擦掌跃跃欲试地准备爆芽；浅滩边的芦苇在水底，商量着集体出阵亮相；稳态强磁场实验室前的草坪，正在颜色偷换……董铺岛上，一切都在《我的中国心》的歌声里，谋划演绎一个盛大的董铺的春天。

在这个春天，走在董铺岛上，草已碧绿，花已开好，来自董铺水库上的和风徐徐吹送，我只觉得，整个董铺岛都是一间安静的实验室。这样的安静里，似乎处处透射着凝神思索的目光、聚精会神观察的目光，心思缜密做着实验报告的严峻肃然的目光……沿着岛上南北贯穿的创新大道、安徽光学精密机械研究所、等离子体物理研究所、固体物理研究所、合肥智能机械研究所、强磁场科学技术中心……穿越于这一家家的科研机构之间，仿佛从一个实验台转到另一个实验台，不由人的脚步轻了，说话声小了，唯恐会扰了某一双安静的目光。

是啊，这里的花开得静悄悄，树绿得静悄悄，一切都在静悄悄地生长，这样的生长也有了一种幽深的意思在里面了。

春日长长，科学岛的黄昏来得比城市似乎更晚些。在小岛尽头的草坪上，我看见一对新人，正在拍婚纱照。彼时夕阳在天，董铺水库上霞光万道，女孩身穿洁白的婚纱，与男孩携手相依，在水边、在草坪上、在夕阳的余晖里。我不由停了脚步，静静欣赏并揣测：也许，这一对新人就是科学岛上千百名科研人员中的两个，他们将毕生的事业追求落脚在此，也把最幸福的爱情定格在此；也许，这是合肥城里的某一对新人，因为热爱科学，仰慕科学家，所以选择让科学岛的草木花鸟和科学实验大楼见证他们的幸福……

夕阳已落，蒙蒙的水汽自董铺水库的水面上层层叠叠弥散开来，在科学岛上袅袅轻扬。蛙鸣自水边的芦苇深处弹唱起来，忽而独唱，忽而齐奏……董铺水库和科学岛相依相融，一起沉进了蓝色的冥想与思索里……由此，董铺的春天，越发呈现出一种深邃的气质。

# 看自己的热闹

我的房子前有一排松树，是常绿的。冬天里也不掉叶子不败色，季节在它们的身上，难见抑扬顿挫的生动。

有一天，我站在楼下的松树边，不经意的一抬眼，忽然同情起自己，原来我和那树一样。我的每一个今天都是昨天的翻版，做饭，洗衣，上班，下班，睡觉，谋划第二天……平铺直叙，一天过去，一辈子也这样过去。

王小波说似水流年，“就如一个人中了邪躺在河底，眼看潺潺流水，波光粼粼，落叶，浮木，空玻璃瓶，一样一样从身上流过去”。可我不想做那个中了邪的人，我想伸出手，这热闹的河流上，也有我掀起的波纹，哪怕最后，我整个人儿都随了流水消逝。

是的，我希望我的生活，不是每一个日子间简单机械的复制，它应该有一点陌生，有一点起伏。像冬天的早晨，打开窗子，终于看见大雪盖住了一个灰褐色的田野，世界换作一片崭新的白，尽管，雪还会融化。这样的替变之间，便见出了精彩。

那一年夏天，我到了南方。是为着触摸心中的舞蹈梦去南方的！这个梦，像一件瓷器艺术品，这么多年，被锅碗瓢盆挤到桌角，蒙了灰，这一回，终于抽出来，自己擦亮。

火热的南方，夏天的教室窗外，能看见椰子树优雅娴静地立在草坪中央，挺直的干，疏朗的叶，那姿势是树中的芭蕾。教室里的我，站在练功房的大镜子前，从古典舞到现代舞，每天面对课内八小时的紧张训练。汗水汩汩地冒，蚯蚓一样地在衣衫底下爬，跌在地板上……而我，分明听见内心有一条欢快的河流，酒一样地流淌，叫人有微醺的醉！时光原来可以这样华丽而奢侈地度过！

多少年后，回忆那年从一堆庸常俗事中挣脱出来，循着内心的召唤，去做一件自己想做而久未做成的事，依然感到振奋。这之后，又去了许多想去而一直未去成的地方，在三峡看山看水看巫山云烟，在西安与那么多沉默的兵马俑相对……生活忽然有种被拓展的开阔与浩荡。一路回头看去，我看见我手指间曾经流过的这一小截时光，它终于不再是一块荒地上蔓生的蒿草。

是啊，生命如此匆匆，怎忍心这时光成为一地蒿草被野火烧掉，直至成为一摊寂灭的灰。它该是一座繁花满枝的园子啊，一些红色的花在缤纷地落，一些紫色的花正悄悄地开……

我想起家乡的长宁河，以及长宁河畈上一大丛一大丛的蔷薇花。人间四月，芳菲初谢，蔷薇花盛开。那花开得甚是热闹，起初是一枝一枝地开，后来开得急了，变成了一簇儿一簇儿地开。由深红换作粉红，再换作后来月亮一样的白了。白的，粉的，红的，错杂在绿叶丛中，一个清寂的乡野，就这样在一丛蔷薇花的照耀下，色调上明朗热闹起来。这样的花开，这样的临水照花，才当得起锦绣年华吧。

生命也该是这四月的蔷薇，哪怕在一条僻静的河流边，也能够向着阳光，不摇香已乱，无风花自飞。于一捧清水里，同时也照见了自己，热闹盛开的影儿。

# 未识绮罗香

依稀是16岁，骑着父亲的前面横有大杠的自行车，去江边的长街，只为了看一件白色的裙子。一路上，柳枝拂拂，蝉鸣如沸，也顾不得停下来歇息。到得长街，寻一处无人的街角，将一脸的汗水擦掉，理理衣衫，按一按怦怦的心跳。然后，故作平静而悠闲地逛街，装作不期而遇了那件白裙子。

那是一件白色半身裙，若上身，应该长及脚踝。我是一次和堂姐上街买学习用品，偶然看见，它挂在一家服装店的正面墙上，位置已经显示了它的不同寻常。白裙子像是用上等白丝纱做的，裙摆镶有一圈蕾丝，若能穿上，我想我顷刻间会变成一个幸福甜美的公主。我眼热心热，也不敢向卖衣服的人提出要拿下来试试，只怯怯问她多少钱。25块，最低也要22块，低于这价就不要问了！卖衣服的女人瞟了我一眼，看我是个孩子，想也是口袋空空，爱理不理地简单应付，大约与我还价的心都没有。我彼时只有十二三块，还差了一大截，不敢再问，目光被粘在裙子上，迟迟不舍得走。

心里想着回家好好攒钱，也许到下个星期，那裙子的价格会再跌下一截来。攒了六七天，私房钱没涨，再去看裙子，裙子也没跌价。日暮时分，一个人在人影稀稀的长街上，满怀怅惘地推车回家。我心里知道，那个夏天，我是买不起它了。它是为有钱人家的女儿而准备的。那就看看吧，只要那件裙子还没被卖掉，我就可以来看它。跑过了好几趟，怕店家认出自己来，再去，我便推着高大笨重的老式自行车，从店前缓缓走过，转过头，看它高挂在店堂上方。来一趟，去一趟，我至少可以看两次。回家伏在桌子上看书，只觉得有一件白白的裙子在远方飘拂……一个夏天，就那么因为一件裙子而寂然薄凉起来。

有一次，听蔡琴的歌《未识绮罗香》，那种淡淡的忧伤、浅浅的委屈以及一种隐约的漂泊感，绵绵渺渺覆盖了我一个午后的光阴。歌声里，不觉想起这桩少年时候的事。这首歌曲出自唐诗《贫女》，作者是秦韬玉。

蓬门未识绮罗香，拟把良媒亦自伤。

谁爱风流高格调，共怜时世俭梳妆。

敢将十指夸针巧，懒把双眉斗画长。

苦恨年年压金线，为他人作嫁衣裳。

听着蔡琴的歌，读着古诗里贫女的幽怨心声，想着自己的少年时光，素淡单薄的未识绮罗香的时光。一时间，感慨万端。其实，何止绮罗香未识，还有钢琴未碰过、芭蕾舞未跳过、大剧院里的歌剧未现场欣赏过……人在时光的低处，在世界的低处。想起来，舌尖依然有微微的苦涩泛起。

有一次出门旅游，坐在身边的女友是城里长大的孩子，我们说起彼此的童年，说完，我忽然心底无限欢悦感动。我忽然庆幸自己有一个乡村长大的童年，感谢上苍安排一件在我少年时候出现的却没有买起的白裙子，感谢那些曾经的失落、苦涩、怅然……她在城里的少时岁月，有幼儿园、有大工厂、有《唐诗三百首》……我呢，未识绮罗香，却识得了草木香，识得花香泥也香。夏日里爬到桑树上摘桑葚吃，雨后在门前撒凤仙花的种子，花开时揉取花汁染指甲。踏着露水珠子在田埂上放鹅，鹅长得好快，心里沉沉揣满欢喜，因为卖掉鹅，开学的学费以及平时的零花钱都有了保障。清晨田野上的大喇叭上在播放黄梅戏，自己跟着哼唱，《谁料皇榜中状元》《到底人间欢乐多》……许多黄梅戏的唱段都是那时学会的。

如今，我一个月的收入够买好几件绮罗的衣裳，家中衣橱里也挂满长长短短的白色裙子，回忆往事，苦涩之中，再咀嚼一番，竟有深深浅浅的芬芳和甜蜜。是啊，那时未识绮罗香，如今却从中体悟到了岁月长岁月香。

我想，人生的开场大抵有两种。一种是晴空丽日里开始就站在高处，端的是看尽风光，后面却是漫长的下山的路，越走越暗，越走越低。我们当然欣赏另一种，人生之初是山谷浓荫里一条涓涓清瘦的细流，道路蜿蜒险窄，但只要笃定地走，就能走出深林，走向平原与大河。人生越走越阔。

# 琢　玉

去的时候，正是日落。安详的一张太阳的脸，于高处凝望这片诞生了“玉器文明”的厚土——凌家滩新石器时代聚落遗址。

热爱面前，时空是陷人的沼泽。踏上凌家滩的那片小山冈，走一步，陷个千年，来不及牵起裙裾，便和那落日一起陷进新石器时代。浑身，是远古的泥，只落一对清亮的眸子，来细细指认曾经抚摸过的山川河流，以及一双双凿玉琢玉的手。

那时，这里还是中亚热带温热潮湿的气候。长江很宽，离这儿不远，伸手可取一瓢长江水。常绿阔叶和落叶阔叶的混交林茂密，风起时，排山倒海的绿浪，猕猴在枝丫上翻腾跳跃，成了勇敢灵巧的鱼。亚洲象卷着黑黑的长鼻子，正举着它的孩子，沐浴着高处的阳光。犀牛们成群结队，赶往水边去洗澡。山冈下的低洼处，生长着水生植物和湿生草本，水里是荇菜，岸边是芦苇。不远处，孔雀的羽毛华丽，以水为镜，绿纱帐是最美的洞房。

只是，穿越时光，谁曾是这土地上最高大尊贵的主人？

劳动的号子自树林那边隐约传来，太湖山的石头背在了那些黝黑的脊背上。捧一捧凌家滩的黄土，时光的沙漏又新满如当年——五千年前，在长江之滨，我要做一回部落首领的女人。冥冥中，一定有一位万物的主吧，我要和我高大健壮的男人，去向他祈得圆满的智慧，来建一座远古的城市。

居址。作坊。墓地。祭坛。还有红陶的土块，我们要拿来建一座神圣庄严的标志性建筑，是什么？嘘——暂且要设一个五千年的悬念。热火朝天的地方是作坊。石器还在制作，那个年轻人手里的石钻已经完成了，对着一块地面旋转，就钻出一条隧道通往五千年后的日月，年轻人揩一把汗珠，笑了。另一个作坊里，女人们在以手和泥，制作陶器；男人们正大汗淋漓，算计着陶窑里火力的大小；谁的小孩，站在门外，手里捧着陶罐，盛的是清澈的江水，还是浓稠的羊汤？

那一夜，在新搭起的一个作坊里，一件光滑圆润的玉器从一双粗糙厚实的手掌里横空出世。劳动的人激动得忘记了暂时给它取名，只抬头把目光送向远方——东方，一缕曙光乍现，远古文明的曙光。那件玉器在部落里传看，抚摸，惊叹，最后要呈给我们的首领。在凌家滩，扶着一秆弱草，耳朵贴着土地，还能听见那场远古的欢呼。那一个黎明，劳动的先民们攀上了高高的山冈，前面，我的首领捧着那件玉器，我们要举行一个盛大的庆典，从此跨进长江流域人类古文明的门槛。

生活找到了一种最美好的呈现方式。除了养殖业，除了畜牧业，除了建布局整齐的房屋，除了去挖护城的壕沟，还可以在这样的作坊里，做一回琢玉的人。采石，琢磨。琢一把玉斧来记载我们的劳动，琢玉戈、玉钺来记载我们与外族之间曾经的流血和勇敢。

还有我们的信仰，也要找尊贵的美玉来表达。我们膜拜苍鹰，想它该是日月天庭的信使，我们的庄稼和牲畜愿得苍天的佑护——所以要琢一块玉鹰，供奉于祭祀的神坛上。我们同样崇拜猛虎，希望子民们能得它的力量和威猛，所以还要传下话去，琢一块玉虎。还要琢一块玉龙，献给尊贵的首领，高天厚土之间，他是我们要膜拜的另一个万能的神。再琢一块玉龟和玉版，愿这支部落繁衍壮大，永世吉祥。繁忙的玉器作坊里，有人埋头在琢一块玉人，在万物与神灵之间，还有一群劳动着的人们，也让他们在一块美玉里万世不朽吧，后人认定了，他们才是大地上的主角。

五千年前，我要做那位首领的女人，只为了要更真切地见证一个玉器的时代。五千年后，我已经知道，那一页光辉的玉器文明，其实写在琢玉人的手心。从黄河流域到长江流域，从长江流域到珠江流域，中华文明从来就诞生繁荣在创造者的手心。

斜阳尽头，春已暮了，凌家滩的晚风里飘着初夏的金银花细细袅袅的香，像迎面碎步走来的环佩叮当的女子。回去，捡一块凌家滩的石头，放在心口，倘若能梦里再回一次远古，再回一次含山，我要拿它去叩开家门。这一次，我要说：我是琢玉者的后人！

# 我藏有我的驯良

村子里的小河是驯良的。沿着乡人要它去的方向低声细语地流淌，不扰庄稼也不扰人。一如我，我也寂静生长，不惹是非。

我沿着这样的小河，去往学校。我独自走在小路上，在春日的暖阳下，像奔赴一个节日。

乡下的春天安静，只有蜜蜂嗡嗡，不知它们究竟是在舔舐阳光，还是在舔舐花朵。总之，空气是芳甜的——这一天，我要照相，我是小学一年级的学生了。

可是，忽听得一阵狗吠声自我身后追过来。虽然学校已近，可我不敢挪步。

一条白狗，汪汪叫嚷着，像是在训我，仿佛我犯了错。跟在白狗身后的，是我同学的姐姐，一个个儿比我高的脸庞模糊的女孩。我不知道她的名字。

同学姐姐站在白狗身后，冲着我喊“吆西——吆西——”

我知道这“吆西”是从露天电影里学来的。电影里的日本鬼子一见女孩子就会“吆西”不断。

可是这一天，我的衣服不花，我只是整齐了一点。这一天，我中午放学回家告诉妈妈，说下午我要在学校照相。午饭后，妈妈将我的上衣换成了弟弟那件新做的中山装式的蓝褂子，前面领子上还缝有两块红色方块布。妈妈还洗了我的脸，重新梳了我的辫子。两根细细的长辫子从耳畔垂到胸前——我真是整齐，走路都不敢快，唯恐春风吹乱了自己。

狗依旧在吠，同学姐姐依旧朝着我“吆西”，它和她都是不肯罢休的神气。我分不清自己是胆怯还是难堪。我想，我大约做错了什么。我望着学校，望着河边寂静的油菜花地，寸步难行，只觉得我心里原来装着满满一玻璃杯的春天，此刻被狗吠和同学姐姐的嘲讽给惊碎了。

虽然每天上学放学都会路过同学家，但我并不喜欢她家。同学家的房子后面是一座砖窑，砖窑的一旁是间牛屋，另一旁住着一个鳏夫。砖窑多数时候无人，只在冬闲时才会有忙乱的人影，窑顶上冒着粗壮的白气。鳏夫家门前更是人影稀少。太清寂的房子仿佛色彩上也会灰暗些。而且这灰暗仿佛会洇，一年年，不分昼夜地洇开去，把我的同学家也给洇得暗和乱了。同学的妈妈，我听过她说话，声音沙沙的，似乎嗓子从来没洗过。头发更是如此，如同年深日久不曾修葺的茅草屋顶。

……

许多年过去，我常常想起这个安静的春天午后上学路上的事，想起我的恐惧、尴尬、委屈和进退两难。想着想着，慢慢明白另一个真相：妈妈将我打扮，穿新衣，梳光滑的辫子，我那样整齐明净，大约惊扰了同学姐姐。她大约认为，生活不该是我那样的整齐。

有时，在凌乱与灰暗面前，整齐和明净便是对它的一种惊扰与冒犯。

那天晚上回家，我没告诉妈妈，我太整齐了，被人嘲笑。只是以后逢上学校的重要日子，再也不借穿弟弟的那件新褂子。

# 远行宜春

春晓远行，露珠卧睡在家门前后的草木上，卧睡未醒。

脚步踩在夜露濡湿的泥路上，晨气微凉。身旁相送的人，一个是母亲，一个是妻子。身后还有一条养了三年的黄狗，脚步轻快地跟着，未解离别事。经过村头的土地庙，躬身两拜，不在家的时日里，愿家人平安，土地丰收。躬身再拜，拜别。

远行总是惆怅事。但只有在春天，这惆怅才可以被远方一路花开的气息稀释。

远行宜春。到处都是花开，都是草青，觉得世界不空旷，觉得满世界都是风景。路上看人家墙角的迎春，枝叶婆娑，黄花灿烂，像太阳的光芒。春天好暖，这样想。从小镇坐汽车到县城，看到人家庭前院后的桃杏，红花初绽，红雾蒙蒙。心里无端生出盼望，希望自己离家后，宅前的桃杏花开慷慨。开给母亲看，也开给妻子看。

去往大城市。路上睡在火车里，硬铺或硬座，在咔嚓咔嚓的铁轨声里蒙眬入睡。夜来做一个梦，梦见村口一个姑娘，与自己依依而别，醒来看火车窗外，满山坡的梅花盛开。梅花像姑娘的笑脸，那是妻子未嫁时的模样。

春天到哪里，哪里都是花开。哪里的花开都像故乡。哪一朵花，都那么熟悉，像一个女人的笑颜。

看花朵在地上蔓延，蓝的，紫的，黄的；看花朵登上高枝，红的，粉的，白的。花开繁盛，春色辉煌，无端让人增添信心，觉得生活也应该这样，这样蓬勃，这样大气，渐渐忘记离家时露水的凉。

春天正好。到哪里，停下，都可以郑重地开始。去草原，草原返青，牧羊正好，鞭声响亮。去平原，土膏已润，可以翻土春耕，铁犁雪亮。去城市，把乡村春天的气息带进城市里，把乡村草木勃发的活力输给太过寂寞的城市。像供水一样，供进纵横交错的街衢和高低错落的楼丛。如同灌溉庄稼，城市也返青。

春天，是从旧的年轮里挣脱后复生的第一个季节，一个新的季节。远行，是从旧的生活秩序里破茧出走的一次行动。春天和远行一样，都是一种开始。

好男儿志在四方。好男儿长念远方。年轻时，若没有去过远方，太可惜。这生命肯定要比别人的窄上一大截。春天如果没有远行，怎么见识天地辽阔！怎么领略江山如画花开锦绣！

李白出蜀，二十五六岁。向三峡，下渝州，江行几千里。江山开阔心胸，也开阔诗境。五花马，千金裘，呼儿将出换美酒，与尔同销万古愁。就这样，放荡不羁地，酒香墨也香地，站在唐诗里。不敢想象，李白若不曾出蜀，不曾远行，他的酒杯放在哪里，唐诗里又会刮着怎样的风，风雅的风。

远行宜趁少年。趁脚步还能丈量得出旅程的远，趁心灵还能承受得起离别的疼，背包出发。去远方，经过，或停留。

春天，江水初涨，渐与岸平，风正帆悬，正好可以到达远方。

# 儿子的月亮

白天空中还飘着蒙蒙雨丝，但晚上月亮还是出来了，像拭干朦胧的泪眼破涕为笑的姑娘。我们抑不住惊喜，庆幸没有错过一年一次的中秋月。

我在楼下的空旷处端放了一张小桌子、几把椅子，放上月饼、菱角等，陪我的儿子过一个传统的中秋节——赏月。

我说：儿子，念首什么诗吧，今天是中秋节呀！于是他朗声念起他刚学的课文：中秋夜，月儿明，妈妈讲故事，孩儿静静听。

于是我即兴把嫦娥奔月的故事慢慢讲了一遍：从嫦娥到玉兔，从吴刚到桂花树，曲折哀婉。他似懂非懂，忽然问："妈妈，那嫦娥现在在月亮上结婚了吗？"他说的结婚就是指两个人在一起，可能他也以为嫦娥太孤寂了些，得有人陪着。我笑了。

从感情专一的角度出发，我说：嫦娥以前在我们民间已经和后羿结过婚了。

"那后羿为什么不到月亮上去和嫦娥在一起呢？"

"因为后羿没有吃仙丹，所以飞不到月亮上去呀！"

"那他可以站在云上面，像坐小船一样飘上去呀！"我叹：小小的心灵就是承受不了一个悲剧。

"因为没有吃仙丹，所以他的身体很重很重，往云上面一站，就把云站破了，就又掉下来了。"

“那后羿可以用箭把月亮射下来，嫦娥不就下来了吗？”由后羿射日想到后羿射月，我为他触类旁通、另辟蹊径的思维惊喜。我想，正好可以利用这个机会对他引导：当个人利益和大众利益发生冲突时，应舍个人而谋大众的利益，嫦娥是后羿一个人的嫦娥，但月亮是大家的月亮，于是我说：

“古时候的人没有电灯，晚上走路全靠着月亮，把月亮射下来，嫦娥是下来了，但天空一片漆黑，人们怎么赶路呢？所以月亮是不能射下来的。”

他似乎还不肯罢休：“把月亮射下来，等嫦娥下来了，再把月亮捡起来，向天上一扔，月亮不就又在天上了吗？”他还做了一个《掷铁饼者》的姿势。我不禁大笑。

为了圆合那个天各一方的故事结局，我理屈词穷，开始狡辩道：“你看月亮像不像一个瓜，对，月亮就像一个西瓜，射下来，它会摔地上碎了，再也捡不起来……”

儿子偎在我怀里，一声叹息，啃起了月饼，我也隐隐觉得自己有点残忍。

好在小孩子的失望会因新的游戏而转瞬即逝。此时月亮已渐渐抹去了它淡淡的愁容，在片片白云的簇拥下隆重出场，璀璨夺目。也难怪，今晚它是主角，怎可以辜负亿万双炎黄子孙的眼睛呢？以及由它而衍生的咏月文化、思乡情怀。月光下的树林草地也沉浸在一片如梦如诗的月色里，真想掬一捧月光洗一洗我半老的容颜，好一个温馨平和的中秋之夜！

楼上下来了他的小伙伴，小他一岁，于是他蹦蹦跳跳地到他的小伙伴面前吹牛去了：“汤序，你怎么到现在才下来，我们刚刚到月亮上面去玩了一趟，月亮上面好凉快，上面有好多好多的冰激凌，我吃了好多，才下来的。”

汤序慌不迭地问：“怎么上去呀？”

儿子说："月亮上面垂下了一个梯子，于是我就爬上去了，就像爬操场上的那个梯子一样……现在时间过了，月亮上面的梯子不下来了。"

汤序失望时，他正得意地大笑。看着他小大人似的坏笑，我想，恐怕自己早就嘴馋了吧。没想到，今晚的月亮还是给了他快乐和童趣。

当我把一个装着神话的忧伤的月亮送给他时，他还是凭着他的调皮和狡黠创造了一个甜蜜而富足的月亮。

# 火车远去

马修·连恩的《布列瑟农》是一首伤感的歌。

一直以来，这首歌被认定是一首写狼的歌曲，而《布列瑟农》也是马修·连恩的专辑《狼》中的一首，与加拿大的一场促进驯鹿繁衍而扑杀狼群的活动有关，音乐流露出离别的野狼那种英雄末路的忧伤。

钢琴，风笛，吉他，萨克斯，舒缓而稍显低沉的旋律，仿佛秋野上徘徊的脚步，晚风吹拂黑色的风衣，一种男性式的富于沧桑感的哀伤。后面的音域，有一点点高昂，带一点点力度，是疼痛的，仿佛原野之巅上的呼告。在《布列瑟农》里，这几种乐器，它们联合营造出一种凄美、悲凉、丝丝缕缕缠绕着忧伤与深情的情境。钟声之后，首先是钢琴弹奏出清亮而低回的旋律，像宁静的黄昏，细细的小溪水清澈地流着，穿过低矮的灌木与幽深的树林，如同一把剪刀，将忧伤的幕布剪开。后面风笛与萨克斯跟上，将一种忧伤凄迷的情绪缓缓酝酿到浓稠与饱满，宛如暮霭一层层从山那边漫过来，蓝色的河流笼罩在蓝色的忧伤里……

可是，听这首音乐时，不管是宁静的午后还是暮霭初起的黄昏，总能感受到一种关于爱情的惆怅，这应该更是一首倾诉爱情忧伤的音乐。音乐的前奏里别出心裁地响起钟声，是山坡下教堂的钟声吗？是离别的钟声？催别！催别！音乐结束处，又是极有创意地响起火车路过然后远去的铁轨上的咔嚓声，亲爱的人儿，随火车远到天边，泪水落下，思念起程。

马修·连恩曾经写给他的友人福利斯一封信，信里他讲述一段关于爱情关于音乐的故事。曾经，他疯狂爱上一个姑娘，他们在一个叫布列瑟农的小镇里约会。小镇被一片美丽安详的乡村包围，他们手牵手一道去探索周围的乡村，听山谷里传响的教堂钟声，看白云像羊群一样翻过山头，尽情享受着爱情的甜蜜与相聚的欢欣。自古多情伤离别，分手时分终于到来，他满含泪水送她去附近的火车站，从此又是各自天涯。在去火车站的公共汽车上，他蒙眬入睡，隐约中似乎听到一段美妙的旋律与歌词——那是从他忧伤的心底传来的。下车后，他来到一家咖啡店，在一张餐巾纸上写下歌词与旋律——

我站在布列瑟农的星空下，

而星星，也在天的另一边照着布列勒。

请你温柔地放手，因我必须远走。

虽然，火车将带走我的人，

但我的心，却不会片刻相离。

哦，我的心不会片刻相离。

看着身边白云浮掠，日落月升。

我将星辰抛在身后，让他们点亮你的天空。

一段美丽又忧伤的爱情，终于以音乐的方式，记载，吟唱……永远怀念……

许多时候，我们留不住爱人，留不住那些欢娱的时光，我们只能，与她十指松开，看她踏上一趟火车，踏上与自己从此无关的一段长长的路程。想着她的前方，浮云白日，关山千里，而自己，再也不是窗外相伴的一路风景，自己只能成为她的往日，成为一帧底片。所以，此刻，只会这样无奈又执拗地，站在岔道口，看火车远去，拿目光追随，然后，拿心灵追忆。

而对于我们大多数人，人生岁月已经走了小半或大半，已经知晓长路峻险，年少那红杏一样的情怀打开，如今已经懂得慢慢收拢，此时此地，此情此景，再听《布列瑟农》，却又是一种人生况味。

是的，在这个秋天，黄叶缀满枝头，当我坐在窗台边听着这首《布列瑟农》时，看手边的茶水一寸寸浅去，一种时光流逝而去的忧伤在心头墨似的洇开。咔嚓咔嚓，咔嚓咔嚓，火车仿佛经过我的窗前，带着东方地平线上青草的气息，然后远去。此刻我恍惚站在岁月的梧桐树下，看见我经历过的那些时光也火车一样远去，远去，天涯茫茫不可见了，那上边有我念念不忘的旧事与旧人。

人生，原是这一场又一场的欢喜，与别离。

# 第三辑 秋将尽

晓色渐渐染白窗帘，一方冷冽而带着露水气息的光明，在南墙上不断加深，突出。

又是一年秋将尽。

我睡在这样的清晨，觉得自己是一枚光洁素朴的卵石，睡在流水里。我不动不语，只感受着流水一样的分秒从我身边流过去，流过去，流……

# 家　园

桌子上放着几个石榴，那是父亲从老家摘来的，红是红得诱人，小却小得可怜。我心里忽然酸酸的，那棵石榴树可能很老了吧，竟结出如此羞涩的果实，像一颗苍老萎缩的心。

我忽然想回去看看。是该回去了，披着夕阳的余晖，迎着喷香的炊烟回去，沐着田野上的晚风，沿着绿水长堤回去，哪怕回家的路草已长，路已弯，穿着高跟鞋的脚步磕磕绊绊。田野上暮霭正四起，有心无心地落在野草上，缠在杂树间，缥缥缈缈，像母亲挥动的头巾，招引一个顽劣不归的孩子，唉，回家了！站在深锁的门前，站在厚厚的落叶间，想唤一声，这就是我儿时的家，我久违的家园啊！所有的记忆顷刻间苏醒——

那老榆树下的秋千，那青石板上的泥人，那蒲扇上流飞的萤火虫，甚至于那草垛上的霸道的公鸡和草垛下躺着的几个依然温热的鸡蛋；那村口的老牛屋，那河滩边的伙伴，红花草上的跟头，甚至于常常玩丢了的书包和由此招来的大人的责骂，无不带着泥土的馨香，带着儿时的纯真，一一淌过我结茧的心灵，像月光下的清风徐徐，像细雨中的燕子呢喃。

看到了那棵老榆树了，可能是年岁长了吧，已不再枝繁叶茂，反倒枝叶稀疏，像一个妇人，总在梳头的刹那怨流年暗逝。它佝偻着腰在河堤上，长长的枝干伸向河中央，似乎想濯洗身上的岁月风尘。

那榆树下不知名的野藤，正挂满了灯笼似的不知名的果子，那可是儿时的我最好的玩物啊，在离家的这么多年里，它是怎样生长的呢，定是寂寞地长、寂寞地衰、寂寞地开、寂寞地落吧，只留下一把种子，交给来年的春风和土地。年少时离家求学，之后便匆匆工作，这其间又是结婚生子，多年不归，已经生疏了这野藤，只有记忆仍和它一样青葱，不知现在的它们肯否相认。也许在我离家的那个秋天，一枝藤蔓对果实说：多年后她会疲惫地归来，来这儿寻找丢失的童真，那时你们要记得相认！

看到那柱烟囱了，它曾是最温暖最令我浮想联翩的烟囱，无论是日上中天或是日落黄昏，那个饥肠辘辘的童年的我最先寻找的景物便是这诱人的烟囱。看着那袅袅炊烟，你似乎能闻到饭菜的甜香，看到母亲穿行锅灶间的大汗淋漓，听到柴禾噼啪燃烧的快乐的歌唱，更绝的是我能依据炊烟的形态判断饭菜是否熟香；当那炊烟直直地向天空翻滚时，表明母亲此刻正手忙脚乱，热火朝天，回家时，还须打一篮猪草方能吃饭；若是炊烟又轻又淡，似有似无，似一个脚步懒懒的老人，像一个跑到终点的孩子正慢慢地喘气，说明灶膛里的火已经熄了，菜已端在桌上，正冒着热气，米饭像一个个饱满的蚕茧欢欢乐乐地挤在一起，回家刚好。多年之后，当我在我的课堂上深情地告诉我的学生，老家屋顶上的炊烟是我永远的眷恋时，我的课堂鸦雀无声。可是他们真的懂吗？他们懂得炊烟里的少时岁月，炊烟里的旧日家园吗？懂得那份眷恋和难舍吗？

他们不懂。

他们不懂得我在每一个雨季里的心事，他们不懂当那天空中的一声霹雳响过之后，雨的脚步最先落的是在瓦上，是那种砖木结构的老式瓦房上，不需开门也不需开窗，更不需睁大惊恐的双眼说："啊，好大……"他们不懂雨的世界只在耳朵里，只需竖起耳朵，听屋顶上雨点的繁密或稀疏，听屋檐下的水滴的铿锵或轻盈，听一池青蛙的奏鸣。而不是现在，雨只落在楼上人家的冰冷的屋顶，更无雨可听。他们不懂除了漂亮的雨伞和雨披，还有一种雨具叫斗笠和蓑衣，它散发着芦叶的清香。

而这些正是童年的家园馈赠给我的温馨，是我温馨甜美的过去，他们又如何懂得？

再抬头，已是苍然暮色，只剩下几缕金色的光辉像一双双慈爱的手，抚摸了一下红透的榆荚，然后隐入天边，与我作别。而我正作别少时的岁月和旧日的家园。

地域上的家园容易找寻，时光的家园深埋在记忆中，成了眷恋的根，那么心灵的家园呢？

# 有些寂寞是迷人的

有些寂寞是迷人的。不磅礴，不苍凉，点点的蓝色，像翻飞的萤火虫一样可爱。所以，偶尔一个人，真是美妙。

一个人，遵循着内心行走，不附和，不随众，不强乐还无味。我喜欢一个人，从纷扰的人群里穿过，径直去寻找自己想要的欢与乐。

未必要总是苦大仇深地耗在家务里吧，偶尔一个人，到茶楼坐坐就很好。不招呼别人，只自己一个，省却喧哗与应酬。在那里泡杯茶，听听歌，看看来了又走了的面孔，看他们喝茶的姿势表情，来猜一猜他们爱深情浅的底，我喜欢读他们，这比我书架上的那些面孔有趣。他们兀自弄他们的欢喜，却不知道我在看他们的戏，我就像一只调皮的小蜜蜂、芙蓉花、杜鹃花……都扇着翅膀来瞧一瞧。这比天天一个人守在家里做怨妇，要生动得多，男人没时间或没心思陪，咱自己陪自己，陪得一点都不落魄。

某日，在女性杂志上看见一款旗袍的花色，心动了，生了占有的心，而衣橱，其实已经是粉黛三千的深宫，实在不好解释。于是一个人，消失一天，过长江，到江城去寻。不邀朋友，人多了心思多，张说长，李说短，耽误时间。甚是喜欢看绸缎铺子的那些料子，葱绿的玫红的湖蓝的月白的料子，小朵的花，纤细的蔓……空气仿佛也已经繁花满枝。摸摸，捏捏，揉揉，再捧在鼻子前闻一闻，慢慢把时光耗掉，不遭人催，也不担心会耽误别人的事，真好！扯一截丝绸披在身上，立在镜子前，想象着，我是唐诗里走来的新妇吧，或者是明清的瓷器上步下来的仕女，这一日，偷得闲情来寻丝绸，寻丝绸一样华美的欢啊，一个人的欢。

阳春三月，草长莺飞，人像惊蛰后的虫子，屋子里待不住，想要出游。和老公商量，确定方向，但是久未得结果。不等了，绝情地不辞而别，一个人去旅游。一个人到江南去看老宅子，看老宅子里的桃花和井，以及井边的槐和柳。关了手机，举起相机，做一回私奔的人，只是，又是一个人的私奔。然后在日暮的他乡街头，寻特色小吃，和五湖四海的人云淡风轻地聊风味问题。回来，一相机的风景，然后安慰那个失落的人：下次，出门一定告诉你，并且还一定拉着你一道去。其实，下次，多半还是一个人，一个人因为远方风景而私奔。这样的欢，我更喜欢霸道地一个人享有。好比，一个人坐在山头上看月亮，那月亮是自己的月亮，从心尖子上爬出来的。

一个人听戏或看戏，也是一件极欢的事。小民如我，一个人包下一个戏场子，嗑着瓜子跷着腿，那样奢侈，不可能。我多半是一个人躲在家里看。戏里的人生是简洁的，是极富美感的，比现实生活少了一大堆的锅碗瓢盆，比现代小说少了一大截柳暗花明的弯弯绕！我喜欢戏曲，它是成年人的童话。在淡淡的午后，关起门和窗，打开电视机，调到央视戏曲频道，一下午慵卧在沙发上，听《梁山伯与祝英台》，直听到那么多的梁山伯和祝英台演员齐齐走上舞台来，向观众谢幕，才泪涟涟地作了罢。没有人笑你痴、笑你傻，你揩掉一大包纸巾都不用担心惊了人。只兀自享受着来自戏曲的感动，享受着来自艺术的震撼，真是好！

一个人的世界，未必尽是寂寞，一个人的时光有一个人时光的丰盈。一个人的时光里，我把自己当成那一个种花的妇人，看戏，喝茶，置衣，踏春……它们就是我的蔷薇与芍药，是我的莺歌与燕舞。你站在远处的高楼上看见的是一个寂寞的妇人，我看见的却是我巧心绣出来的满园春色。

# 家住香樟树下

香樟树就像一个特别爱美的女子，总要裙裾飘飘、略施粉黛后才肯款款出门。它展露于人前的永远是温和柔美的一面，从未见它伤心欲绝地颓败过。

美丽的香樟树下，就住着一户人家。

春天里，万木葱茏之时，香樟树在嫩叶新发的间隙也会悄悄落些陈年的叶子，就像脱下厚重褪色的棉衣，难得在春天里见到这些落叶。我手拿扫帚将它们轻轻扫归一处，我那五岁小儿见此也拿起扫帚跟在我的身后。“妈妈，香樟树为什么要落叶呀？”儿子突然问。我笑了笑，缓缓回答：“因为树干妈妈的肚皮里又要长出许多新的小树叶，许多的树叶在一起太挤太挤了，于是这些大树叶就落下来了，到泥土里睡觉去。”儿子嫩嫩地“噢”了一声，继续跟在我的身后扫树叶。看着他那故作懂事的小样儿，我禁不住内心的欢喜和祝福，我祝福他将来能从树叶的新老更替中懂得一份谦让。

在团团的绿叶丛里，还住着一家子，我们的邻居，一户鸟人家。这户人家何时迁来，我却不大清楚。也许是它某次的飞行经过这棵树，因贪恋枝叶的那份清香，于是拖儿带女地便在这树上落户了。我也喜欢这些小鸟，脆生生的叫声像我的孩子。能与这些天外来客为邻，我的小家也成了诗意的栖居，无论宁静的黎明或寂寞的午后，鸟儿们的叫声总是那样清澈地荡漾在我的耳畔边、心田里，心由此变得明净而温柔。

有一天，儿子突然问："妈妈，小鸟有家吗？"我说："有吧。"他问："可是我们家树上的小鸟没有小房子啊，它们晚上睡觉不怕吗？"我哑然。"我想给小鸟造一所房子，用什么造房子呢？"儿子接着问。我说："你自己想想吧！"儿子在家里转悠了小半天，最终选择了花花绿绿的抽纸盒。他把抽纸盒中间一块小薄膜撕开，算是这座漂亮鸟房子的大门，再系上一根绳子晃晃悠悠地在美丽的香樟下就挂起一座纸房子，然后心满意足地上幼儿园去了。可笑的是他放学回来就急急地取下鸟房子，看里面有没有住着鸟儿，可每次都很失望，然后他就抬起他的小脑袋，怅然地站在树下，对着那群鸟……可是我们却很幸福，我们幸福地觉得那小小的心儿是多么晶莹澄澈、温暖透亮呀，在他的心里已经给鸟儿安了一个温馨怡人的爱巢。我更相信，他终会懂得一个葱茏的树冠、一块幽深的森林、一片广袤的绿色，那才是小鸟最最安全的家呀!

香樟树下，挂着一个秋千，风起时，秋千会轻轻地在风中荡起。那是他爸爸把一个废旧的橡胶轮胎洗净、包装，再系一个绳子，另一头系在树杈上，便给儿子做起这样一个简易的秋千。然而，他却玩得很开心。他喜欢坐在秋千上，让我给他轻轻地摇啊荡啊。他更喜欢我双手用力把他的秋千推向半空，然后再滑翔一样自半空落下，投进我张开的双臂。由于是一根绳子系的，所以秋千常常会三百六十度转圈，他会大叫："妈妈，我不要转圈，我要脸一直对着你！"是啊，他要面对着妈妈，亲眼看着妈妈双手把他推向那个高度，感受上升时的兴奋，感受站得最高又离妈妈最远时的得意与狡黠，而无论妈妈把他推得多远多高，他却会随着秋千再俯冲下来，冲进妈妈的怀抱，然后和我相拥大笑。

家住香樟树下。树下的人家在平凡生活中投入点点感激与心动，树上的人家在一方晴空下用清脆的歌喉升华一片绿色。树上树下原也是一个世界，和谐中透着欢悦，馨香中不乏甜美。

# 劝　农

我小时候，春三四月，顶着暖阳去田间给正在劳作的父母送茶水，往往会撞见三五个特殊的客人。他们戴着崭新的草帽，连串在草帽上的帽带子都是干净的白色，而且也不系，垂下来，在胸前晃着飘着。那时候，我的父母戴的草帽日晒雨淋，都是灰旧灰旧的，那帽带子也从来都是极其认真地系在下巴颏下，细得很，有汗酸味。那些客人，他们还穿着雪白的长袖褂子，没有皱，袖口那一截，松松地卷上来，叠在手腕处，露出白生生的小半截腕子。

他们走过田间，会响亮地和我的父母打一声招呼，偶尔会停下来，对着田里的庄稼，伸出胳膊，指点江山一番。我那时好奇，就问父母他们的来历，母亲答得甚是模糊：是乡干部，下乡检查！什么是下乡检查？检查什么？我看他们那模样，不及垄上踏青的风雅，也不及包拯坐高堂的威严，禁不住心下疑惑。

直到读了《牡丹亭》，我才知道，当年他们的下乡检查，其实就是“劝农”。《牡丹亭》第八出就名为“劝农”，不过是，地方官员在春天下乡，鼓励农民从事农业生产。劝农这事，细究，有《诗经》的古风，《诗经·甘棠》里的那位召伯，南巡之时，就曾端坐在蓊郁的棠梨树下，劝农教稼。“乍晴膏雨烟浓，太守春深劝农。”雨过天晴，春光烂漫，杜丽娘的父亲南安府杜太守，身在衙里，担心那远乡僻坞的地方，有人抛荒游懒，不肯及时春耕春种，于是命人置办劝农的花和酒，一行浩浩荡荡下乡来。但见得，田夫出粪，牧童骑牛，采桑的在桑荫下，采茶的胜采花……于是满心欢喜，一一赏花赏酒，一派官正民勤、官民同乐的清平气象。这便是劝农了。

我想，劝农在中国古代，一定是一件极其神圣极其隆重的事，连一部主题逃不过“爱情”两个字的《牡丹亭》，都没落下“劝农”这一出。回头看那些流传久远诗一样美的农谚里，也竟有不少劝农之声的。“布谷飞飞劝早耕，春锄扑扑趁春晴”……连布谷鸟的“咯咕咯咕”的叫声都被译成了“阿公阿婆，割麦插禾”，读起来像进行曲，一拍子赶着一拍子。由此想见，知府大人下乡劝农的那一天，一定是个节日了。

“望帝春心托杜鹃”，李商隐的这句诗里藏的典故说的是，远古时候有个蜀国，国君叫杜宇，号望帝，他在位时勤政爱民，重视农业生产，常常教导老百姓怎样遵循农时，种植庄稼，深受百姓拥护。他死后，依然深情眷眷地关怀他的子民，灵魂化作杜鹃鸟，每逢清明谷雨、立夏小满时节，便在田野上一声声鸣叫，提醒蜀民们要及时地播种、插秧。如此，望帝的“春心”，原来是一颗殷殷的劝农之心啊。

我去山中访友，坐在车子里往窗外看去，视野里常常闪过一块又一块寂寞的抛荒田，那些曾经的稼禾人大多数都已纷纷奔往城市去，经商或务工。而在我这土膏如油的江北平原上，户口簿上分明填着“农民”的我的父母，如今连三分的菜园地想种一种都不可得，他们赶着城市化建设、小城镇化建设的洪流，早已搬家到街上，良田也已欢欢喜喜卖给企业家们建厂子。春天来了，红杏花深，菖蒲芽浅，我走在高新大道上，所见皆是高大崭新的厂房，偶尔也会碰见英姿勃发的广告牌，上面多半是“投资热土”“工业基地”的字样。

其实，我是不该有这样的一丝惆怅的，在一片“劝商”的声音和色彩里，我还惦记着那个“劝农”的节日。但是，毕竟，劝农，它曾经是贴在农耕文化浓厚的古中国胸口上，那一颗赫然醒目的朱砂痣，有喜庆吉祥之气。且就像怀念一首诗、怀念一粒粮食一样，在心底惦记吧。

# 三月旧事

童年的三月，是铺满了粉白粉白阳光的。阳光下的那些旧事，像掌心里新搓出来的汤圆，沾着白扑扑的粉，有着人间的吉祥与俗气。

父亲穿着肥大的胶皮裤子，顶着阳光，划着很肥圆的一只船，我们乡里叫扎盆，去到门前的许家塘里，用绑了竹篙的大铁夹夹取塘底的淤泥。那是很累的活，父亲每夹满一两盆，一锨一锨抛到水田里，然后会把扎盆划到门前的柳荫下，稍事歇息。他额头上有细小的汗粒子，粉粉地覆着，在阳光下泛着亮色。待到下午三四点，母亲会递给他一碗糯米粥，碗头上卧着两只荷包蛋，银元宝一样的。父亲不上岸，坐在盆沿吃，我们站在岸边，嗅着淤泥的泥腥气，感觉春天像在肠子里涨潮了。父亲吃完，我和弟弟开工，锅底剩下的糯米粥，母亲分给我和弟弟，一人一小碗。

父亲夹淤泥的日子，对于我们，也近似一个小小的节日。那些淤泥被父亲抛着，以抛物线的姿势落进水田的一头，像缸里还没成形的水豆腐。那些淤泥里通常裹有隔年的落进水底的菱角种，我和弟弟举着细长的竹竿在里面找，才上岸的菱角种一般都翘在淤泥上面，极易找。找到了，勾过来，洗洗。在水果极其匮乏的二十世纪八十年代初，带着泥腥气的隔年菱角种真是我们的人参果。吃过菱角种，晚上做梦，嘴角还能嚼出甜来。

这个时候，父亲也开始沤稻种了。他拿了麻袋，头钻进稻仓里，挖了小半袋，扎紧口，放到许家塘里泡。三五日，拎上来，解开，伸手捞一把出来瞧，出芽了。白白的芽，像细腰身的小虫，爬出来，在指间蠕动。水田里的淤泥已经被整成秧床了，父亲腰间夹着盛了稻种的小盆，陷在水田里撒。堂哥牵着生产队里的牛，路过水田，他看一看，牛也看一看。一秧田的阳光，一牛背的阳光。没撒完的稻种，晒干了，去了壳，磨了来做芽稻粑粑吃，极甜，所以我每年都盼望着父亲的稻种撒不完。

这个时候的母亲，每天早晨都要在大小方柜里抠，天暖了，得换叠在柜子底下的春装。母亲抠的时候甚是小心，因为柜子底下常常塞着几张母亲偷偷存下的私房钱，怕父亲看到。抠出来的春装，抖开来，有樟脑的香。穿上，一身轻松，只是衣服上布满一道道褶子，压在柜底时间长了，得要一路走一路拽，拽个大半天，平整了，心里就知道真的是春天了。

母亲的上午，常常是弓着腰，趴在塘边洗换下的棉袄棉裤。她袖子捋到胳膊弯上，抡起棒槌，仿佛在阳光里摇橹划桨，响声铿锵。池塘回应着，于是那回声仿佛又变成了千万个棒槌，一下下敲在青蛙头上，一池塘的青蛙在粉白的阳光下也叫开了。下午是安静的，她端了小桌子，坐在草堆旁，一边晒太阳，一边剪鞋样子，抬了眼，就能看见许家塘中央正在夹淤泥的父亲。开春了，一家人急等着棉鞋换单鞋，母亲几天就能做好一两双单鞋。鞋做完了，田里就忙起来。

每年的这个时候，母亲都要复制她小小的烦恼：菜园里的菜薹就快吃完，即使没吃完也开满了花，蒜也要起薹，萝卜早就絮了心……餐桌上，再怎样巧手，也难制造风光了。母亲只有将目光瞄向更远的地方，红花草割回来，开水里焯一趟，再凉拌，上桌子前淋一勺香油。这是母亲的特色菜。还有马兰，还有……一场春雨扯个三五天，晴后，母亲会提了篮子去柳树林，采了许多宝贝儿，煮了一钵子的汤，嫩极鲜极。吃的时候，她让我猜，我竟猜不出那是柳树林里的新蘑菇。

待早稻秧苗已经插进水田里，行行列列，排成了绿色的诗行，春光就此算是打了一个小结，退场。在母亲的洗洗晒晒、烧烧煮煮之间，新一拨的农家俗事又踏进了立夏的门槛。小麦抽穗，油菜结荚，阳光有点紧锣密鼓的热闹，记忆中，人间四月就是这样来临的吧。

# 夏日长

日子长长短短，我喜欢这样说。但是过了立夏，就不贴切，夏天日日，只有长了。

早上四五点，天光已明，被铝合金窗子切割成的方形的天光，就嵌在南墙上，淡蓝淡蓝，像自行车上的少年鼓了一点风的白褂子，那是少年的白啊。淡蓝的方形天光里，映着窗子外的一丛墨色的香樟树影，偶尔，有风过，听见树叶与树叶间挤挤挨挨的簌簌声，还有一点鸟声。树声鸟声里，怕还有露水落了地吧，落在早行的蚂蚁的额头上。这样想着，那一丛香樟树影已由墨色渐渐换作黛色了。

你瞧，你瞧，这一天的头起得，这样早，这样禁不起你在枕上耗一耗时间。

穿着睡衣，坐在客厅的沙发上看电视，早新闻还没到，于是给阳台的花浇水，栀子正落，茉莉初开。喷水壶猛了点，花盆里的泥溅了一些灰色小点点在墙砖上，不想擦，似乎随时都可以来擦的，时间够用，就不急。可是胳膊上那些个蚊子咬过留下的红点点，忍不住还要指指点点地数，一个一个，勾起浅浅的恨意。可是他要是伸过手指来，晨光里，一颗颗抚摩，间以疼惜的表情，心里又生出欢喜来，仿佛这是胭脂记。衣橱里翻翻，镜子前比较桃红草绿的裙子与旗袍，仿佛菜市场里买菜的老太婆，长年累月地看过来，已经相当挑。夏天的早上，时间像涨了潮的江水，满满的，容得了一个小女子在衣服上磨时间。尘世欢啊，谁不贪！

顶着七八点钟的太阳去上班，太阳不那么红，如同鸡蛋搅散了黄，黄腾腾热烘烘铺了大半边天。到了办公室，小有汗意，拧开电风扇，呼啦啦起转的当儿，泡菊花茶。书本打开，茶杯盖上，电风扇兀自地转，一样心思安静。备课，拿笔在书上勾画，勾长长细细的线，然后在字句间，又补上自己的句子，密密的小小的字，蚂蚁一样挤着。上午的办公室时光就这样被一支笔牵引成蜿蜒的线了。

夏天，是个比较容易让人安心做事的季节。想想窗子外面的世界，春花已落，秋果未熟，所有能让心儿安分不了的诱惑都远得很，世界是安静的绿，芭蕉绿过了墙，接上墙外一片绿叶婆娑的杨树林，一路浩荡地绿到云边去。这就是一个生长的季节，哪儿也去不了，你只能陷在绿色里心无旁骛地生长，姿态与色彩，一点都不招眼。我站在讲台上给学生们讲课，看见底下几十双眼睛，清澈的眼睛，也像一片片正在吸收阳光雨露的绿叶。

中午吃过饭，还可以睡一觉。每日家情思睡昏昏，夏天的午后，睡昏昏有几分，倒不是因着情思。情思是距离牵出来的，带着时空隔出来的疼，不好，这个年龄不喜欢疼了。同事嘴里长牙，三十多了的人啊，还长牙，叫智齿，疼啊，疼得吃药还打针。不是所有人都会长智齿的，我午睡后洗脸照镜子，看自己的牙，我还没长智齿。我不想长。我宁愿少几颗牙。不只是牙，许多东西，现在宁愿缺着，也不想经受熬煎的疼了。这个年龄的心态就是，愿意日子平坦一点、辽阔一点，像窗外的夏，哪怕只有单调的绿，也愿意绕开那些一朝盛开一夜凋零的凄美的疼，不想撞了。

下午坐在办公桌边，靠窗，举杯喝菊花茶的当儿，听见蝉鸣，那声音是好长的一根线啊。“知——了”，声音从枝头上起，像柔滑又很有韧性的一根线，甩到半空中，撑开，一路悠悠荡着荡着，好半天才在耳鼓上收住了脚。这根刚收住了，又有一根抛出来，半空里荡……一根一根划过来，长的接着短的。我托着下巴漫无边际地想，想起江南江北的水田里，牛鞭子在农人的手里，也这样抽出来，扬起在半空中，牛儿低了头，它知道鞭子还在空中荡，那么自己拉着犁要走的路就一定比鞭子还长。

我听着蝉鸣，仿佛有时间的鞭子正一记一记敲在我的背上。举目远方，啊，日高，路长……

# 羞涩的二胡

我常想，要是能在秋日的黄昏，在落叶的树林里，或者在寂寥的水边，拉上一段二胡，拉得云淡风轻，拉得天高水远，该多好啊。可是我怕是再也拉不响那两根弦了。

上学的时候，我曾经想学过二胡。教二胡的老师是一位长得有点像莫扎特的老头，我曾经他批准从学校的琴房里借得一把二胡。

该怎么描述我学二胡的经历呢，关于我五根手指下的那两根弦。

寝室不是拉琴的地方，那是姐妹们安身立命的所在。我那吱吱呀呀的声音，像关门时门板艰难地从水泥地面摩擦而过的声响，足以撕破耳膜，每一个音符所经之处将会有多少双受苦受难的耳朵。

我也不会选择寝室前的走廊，那里来来往往的人多，我不会端个凳子坐在那儿稳稳地献丑！

我想到了盥洗间，那里的灯二十四小时不会熄，只要等这层楼的一百多个姑娘都洗漱完毕，我就可以关上门，稳稳地坐在里面拉琴。我为发现了这么个好地方激动得心跳脸红。

下了晚自习，洗漱完毕，我已经准备出发了：一杯茶，几块点心，一本乐谱，一把二胡另加一张凳子。很显然，我已经做好了一个奋战通宵的准备。

夜很静，约莫着所有人都已睡了，我才怯生生地在两根弦之间推拉。

没想到，关上门，盥洗间竟然是一个偌大的共鸣腔和扩音器，本来就生硬的声音经它这么一处理，让我听得害怕极了。我怕有人会听到。我怕惊醒了睡觉的人。砰，门开了，进来了一位洗手的姐妹，她眼光生生地看着我，不认识似的，我低下了头，我知道我肯定脸红了。此地不可久留，她一走，我担心还会有人来洗手。茶还没喝，点心还没碰，我的二胡才开腔，我哪里会拉得饥肠辘辘！

后来我又发现了一个新的拉琴的地方，可谓人迹罕至，那便是女生寝室楼的楼顶。我特意准备了把电灯用于曲谱照明，明月照高楼时，我已摆好了拉琴的架势。可我拉出的琴音虽然如泣如诉，却总断断续续，不成腔调。可这样的声音我是捂不住的呀，只要我一拉，就会响，声音会在空气里弥散开去。左面是男生寝室楼，前面是教学楼，里面灯火闪烁，还有男生在用功。从高楼上飘下来的音乐应是从容流畅的，或如高山瀑布，或如林间溪水，而不是我这样的琴音，像一个正处于变嗓时期的结巴，出了个难听的上半句，却迟迟不见同样难听的下半句。要是让那些男生听到了——肯定会听到的！他们翌日辗转相问那让人闻风丧胆的琴音的出处，然后再奔走相告就是那个一直淑女装得挺像的冬林，我又如何去见人！

我难过地想，世界虽大，可我竟找不到一个让我安全拉琴的地方。我也想到了公园的树林、环城河边的草地，可我瘦小的体形，天生一副穷人家的模样，要是背着把二胡一路走过，又会招来多少同情的目光。

教二胡的莫扎特老头老远就问：许冬林，怎么不见你拉琴？我知道我又辜负了老师的热情，从此走路我小心地避着他！

那把二胡在我的枕边躺了一段时间，我常久久地无语看它。我常想，作为一把二胡，它是盼着有一双手将它拉响，听它的万千情思在两根琴弦间诉说。看长了，竟发现是二胡在定定地看着我，怨怨的目光，无声的叹息，因为我的羞涩辜负了它的深情。像一个多情的姑娘等待一个木讷男孩的一句情话，可终久失望地转身而去。

是的，羞涩的年龄，我辜负了一把二胡的深情。再强留在身边，除了心痛已无意义，二胡是怎样无言地来，我只能让它怎样无言地回去！

如今青春早已远去，回眸之间，往事缤纷而下，而震颤心弦的仍是那把无言的二胡。

# 不舍

在清寒深冬里想象春之盛景，比站在春日花枝下仰看朵朵盛开，要更令人心安。这是中年人的不舍。

在深冬，你笃信春天定然会来到。寒到最绝处，春反而近了。有一个燃烧的春天在等你，想想总觉是甜蜜安稳。可是，你站在花枝下，看那些花朵拦也拦不住地要开，你知道开了就会败，开一朵就会少一朵——你叹息也无用。像面对一个执拗女儿，眼看她一头冲进一场没有结果的恋情里，粉身碎骨，死不回头，你垂手无策。

也是不舍。

不舍春光渡尽。不舍春尽秋来，又是一年。

衣橱里挂了好几件新衣，吊牌还未剪，不到穿时我总不剪。而身上穿的，常常是三四年前买的衣，甚至更早，穿了七八年的也有。我就这样怪僻，喜欢买衣，却不舍穿新衣，喜欢让新衣一直囤在衣橱里。

为了参加某个活动或去某个生人多的场合，想着予人好印象，才不得不剪了吊牌，让新衣上身。穿新衣的那刻，心里有欢喜，更有不舍，仿佛人间又少了一个待字闺中的洁净完好的女儿。

不舍，是恋旧吗？

以前以为自己只是恋旧，后来知道，不只是恋旧，还有一层，是明白了有限。

花开是有限的。飞雪是有限的。雨水是有限的。灯光是有限的。恋人的爱意是有限的。亲人的陪伴是有限的。韶华是有限的。生命是有限的。才华是有限的。幸运是有限的。

好物都是可数的。

星辰永恒吗？也有限。当仰观天宇，看流星划过，知道距离我们无数光年之处，有星球走失，破碎，化作气体和尘埃，永远消失……人们在喜马拉雅山上发现大量海洋生物的化石，有三叶虫、海藻、鱼龙之类——海会枯。海是哪一天枯的，我们不知道。我们知道时，海洋已成山脉。在漫长的地球光阴里，我们的生命短过从蒲草扇边稍纵即逝的萤火。

知道有限，便不敢浪掷，不敢挥霍，不敢漠然视之。便知道去惜。便常常会疼。便处处不舍。

看路边花开会不舍。走过落叶飘飞的林间会不舍。在古镇看苍苔失水从砖墙上剥落，会不舍。菜市场看人杀鱼剥虾会不舍。曾经年轻潇洒穿着乳白风衣、火箭头皮鞋的舅舅，有一天两鬓飞霜一身工作服从小货车上下来，我笑着迎向他，可是心底掠过声声叹息。那个意气风发的年轻的舅舅呢？回娘家时，会遇到昔时同村的一群伯母，她们见我还亲热地叫我乳名，可是她们却彻底被时光揉皱了呀！想当年，我离家出门读书，村口遇见她们，她们正是我此刻的年龄。而此刻，她们头发不再青黑浓密，腰身不再挺直，面容不再明净……她们仿佛被岁月劫掠了一场。劫走的，已然要不回来。

许多个黄昏，我流连窗台，看夕阳在马路对面的楼墙上一点点收走光影，看楼下一棵老桐树在暮色里一点点加深它的阴郁——属于我们的今夕，很快要成为昨日。

去某个地方旅游，临走，常有黯然不舍。人在高铁上，看窗外的河流街道田野城郭一点点从眼底抽走，心里陡然有种被掏空的疼与恍惚，仿佛一棵树刚刚旁逸生出几根新嫩的丫枝，就被戛然剪去。中国这么大，好景那样多，而我刚刚打探了一趟的这个小地方，想必自己没有特殊情况是不会再来的。一生一会，大抵这样。

许多美，许多物，许多人事，原是一天一会，一年一会，一生一会，一千一万一亿年一会。

还有这“一会”呀！

# 晓　色

喜欢早晨。

晨起时，一个人走在楼下，晓风轻拂，裙袂之间似乎都生起了仙气。有时树边小立，透过静寂树荫，看天，看那种纯净的月白色，慢慢被橘红的朝阳晕染。看了，会踌躇满志，会觉得时光里有可期待的热烈与绚丽。

一天，就这样开始了。

我喜欢开始，喜欢出发。所以，喜欢清晨，喜欢做一个在晨光里赶路的人。

清晨的露珠，调皮地悬坠于叶尖，又不堕凡尘。合欢，香樟，玉兰，还有梅树与桂树，所有的树木都那么母性，捧着满怀的露珠，在晨气里默然。

还记得童年时，被父母亲催着早起，背着书包去上学。在乡村的逶迤小路上，我的头发上会落满露珠，脚丫子也被露水濡湿。邻家的篱笆上，朝颜花的藤蔓深情缠绕，上面探出一朵朵半开的紫红花儿，我伸手一掐，露水泼泼洒洒。指尖上、衣袖上，都是露水的清凉。

早晨总是新的。

即使是秋天，晨光晓色也都是新的。你瞧，昨天的草色老绿，今晨的草，已经泛黄。今天的秋草黄了，到明晨，大约已是霜红。

楼下一株紫薇，花期漫长，初夏就开，做喜事一般，灯烛高悬地开到深秋。每天清晨路过，我伸出指尖碰碰，又是一朵朵新花，在露水里端然开放。开旧的那些花儿，什么时候凋谢，我全然不知。我以为这株紫薇，从初夏到深秋，一直都是芳华灼灼，是永远的十八岁。因为一直开放，以至让人忽略了它其实也在凋谢着。

我想，作为一棵花树，能对抗凋谢命运的，就是不断开花吧。

回头看自己，写着写着，一路悠悠荡荡，竟然也写了有十年之多。

漫长吗？

十年，足以让几秆修竹蔓延成一片葱郁竹林，足以让一段熔岩喷发的爱情冷却成无人问津的月夜山岭。十年，蒲公英的种子在风里，已经传播了十代。十年，江河在大气循环里轮转了无数回，从流水，到云朵，到雪花……又成为江河。

十年，我在街角遇到过多少陌生人？在深夜，将谁忘记了又想起，后来又渐渐忘记？

十年，时间的洪流，要淘尽多少人情物事？

可是，我一直在这里，在书页之间，安营扎寨。最深情，还是在书写里。在书写里，我像一个沐着晨风独行的人。许多话都不说了，一说就俗，唯愿这样一直地在文字里独行下去。

这样的独行，似乎也是一种对抗。对抗时间，对抗庸常。

就像楼下的那株紫薇对抗凋零一样，在晓色里。文字，也予我一片晓色天地，宁静，空阔，我可以浮想千万。

我不要做日暮灯火，即使璀璨，即使奢华。

我要做晓色里远行的人，路漫漫最好，我可以不断地出发。

# 秋将尽

晓色渐渐染白窗帘，一方冷冽而带着露水气息的光明，在南墙上不断加深，突出。

又是一年秋将尽。

我睡在这样的清晨，觉得自己是一枚光洁素朴的卵石，睡在流水里。我不动不语，只感受着流水一样的分秒从我身边流过去，流过去，流……

不怕吗?

不怕。

怕也没用。时间它尽管浩荡地来，浩荡地去。我在台上，或在台下，都可以。不嘲笑年老貌丑者，因为有一天，我也会那样。也不羡慕年轻肤好者，因为曾经，我也那样。我相信，灵魂生生不灭，身体或容貌只是暂时借宿的庙宇。

在秋天，我能感受到自己的分量。穿过汹涌车流，经过晨气弥漫的水边，去上班，去做最卑微不值一提的事情，我依然觉得自己是真诚的，像乡间田埂上一株诚心诚意的高粱，穗子红了，叶子红了。

中午饭后洗碗，曾经是极厌恨的事情，现在已能从容对待。我会打开手机微信，播放散文朗诵，一边听文章，一边洗碗。一顿碗洗下来，厨房被侍弄得整洁清爽，内心也清平朗然，无有怨气。

喜欢无事的下午时光，在家里，一个人，享受忙中偶得的闲，享受寂静。窗外桂花在开，桂花在落，小贩子的吆喝消失在深巷的尽头。我这里，真是江山辽阔啊，我是这下午时光里的君王。饱睡之后，清水洗脸，不施妆，不打电话，不外出。打开电脑，听一段古琴，听《渔樵问答》。舒缓的古音，像老友秋后重逢，一起手挽手走在暮色晚风里，一路三句两句，情怀悠远而节制。

周末出城，回小镇的老家。在秋天，柏油路两边的杨树叶子渐稀渐薄，泛着油画里的明黄色。它们偶尔从车窗边掠过，一片，两片，飒飒有古意。这些叶子，也是秋风里归家，和我一样。我们都无有忧伤，觉得这是生命里一个必然要经过的情节——长大了，站到高处看过了天空与流云，然后悄悄落下来，把高枝让给来年的新叶子。谦让和低调，这是中年岁月应有的情怀。

喜欢在回家的路上看远处的田野。秋天的田野，金色、棕黄色、白色、老绿、赭黑，色彩纷繁而饱满。每一种色彩看去，都厚实得有王侯将相的贵气与大气。春天太媚了，太讨巧了，只有秋天，有这样浩浩的王者之气。是苦难里翻身出来的王气。

晚上散步，沿着护城河沐风而行，水汽和路灯的淡光扑面，皆有凉意。我走在桥上，看月亮，月亮半悬在桥东，好瘦，好清澄，有着中年人难得的清癯和默然。

去医院体检的时候，眼科医生看着我的眼睛说：哦，你眼睛好亮!

我说那是清澈。

眼睛清澈。灵魂清澈。生命清澈。

我一直试图以退步的方式在时间里深入，保持初心，至简至朴，努力做到内心的通融自在，可透清风。

在纷纭世界，我只想做一颗秋天的露水珠子。我卧在时间的掌心上，透明地滚动，直到有一天，透明地消失，不求有痕迹。

秋夜读书，是人间至境。捻起书页的那刻，身心安妥如云落春水，又轻盈，又泱泱涣涣无边际。愿意余生就这样了，隐居在书香墨香里。窗外秋露湿阶，寒蛩渐唱渐歇，对面楼房里勤学的灯火也已熄灭，偌大一个寒凉秋夜就是我的了。

我执卷侧卧在这清凉阒寂的夜气里，听着墙上的挂钟嘀嗒嘀嗒地走针，知道自己正衰老着，即使抱守书本也抵挡不住时间兵临城下，摧枯拉朽。我还要继续深深地老下去，像深山古庙门前的那棵乌桕树，一身霜红地落寞着。

我与时间就这样且战且退，我曾经的激情会像木炭燃烧，渐烧渐成灰烬，我还会与一些至交亲友在时间里渐渐离散，淡忘，永不再见……就像白露为霜，就像风起叶落。生命是疼的，且以阅读来缓解吧，读书也读人世。

在秋夜，我遥看自己的江河岁月，也是秋将尽。明日，更大的萧瑟笼罩大地，更深的修行进驻内心。

# 秋也无言

人到四十以后，格外爱起秋来。不是那种张灯结彩、锣鼓喧天的爱，是低头绣花的爱，很瓷实的爱。是一种说出来就浅薄，就词不达意只能默然意会在心的爱。

秋是属于中年人的。中年人如果要在姓名前再加个姓氏，这个姓氏就是“秋”字。比如我，此刻就可以叫“秋许冬林”。

站在秋天的大地上，就像站在自家的庭院里，心里安然。不像在春天，每见春光，内心唯觉惶恐愧疚。站在一棵春日的花树下，看着那些玲珑剔透的花朵儿追赶着盛开，感觉像是一不小心一脚踏进了别人家的院子里，一边赏春光，一边心里抱着歉。因为自知，这春光是属于青春年少之人的。我们赏春，多像个春贼。

我们华发初生，我们一肩风尘，我们两脚泥泞，我们身怀暗疾，我们是趴在桌子底下躬身把一桌春光抬起来给别人欣赏的人。我们如何能喧宾夺主坦荡从花枝下走过呢？

春天，说到底，让我们伤感。白头宫女在，闲坐说玄宗。这伤感大抵就是这样的白头宫女的叹息了。

我们爱着秋天，又是一种小心翼翼的爱。

当季节到了立秋，心里暗地妖娆，仿佛长路跋涉，终于到了自己那点满烛光的城堡。

立秋之后，暑热犹在，但已有了早凉晚凉。不似人在暑天，被热浪围猎，无处可遁。这清秋之际早晚的凉，夜里的凉，那都是一处辽阔的可放马南山的疆域。

人在秋天，不惦记花，只惦记叶。

一入秋，就跟家人相约，到皖南看树叶去。枫叶、乌桕叶，还有各种野树野藤的叶，或者嫣红，或者明黄。车到皖南山中，走走停停，那些嫣红或明黄的部分镶嵌在无边的绿色里，仿佛楼宇亭台一般高耸。

大地滋养万物，万千植物在阳光里奔跑，最后有一部分植物身披蟒袍，头戴桂冠，以朱红以明黄，站在茫茫绿色之上。

秋有王气。

而我每每站在漫山的红叶或黄叶对面，总觉自己成了贵宾，得到了无上礼遇。

同样的红，红叶比红花一定沉重；同样的黄，黄叶比黄花一定沉重。这叶比花多出来的那一点重量，是岁月的重量，是风雨的重量，是心怀谦卑的思想的重量，是全力以赴的意志的重量……

这么多年，每年秋天，我都会很有仪式感地去山中看树叶，去乡野看树叶，去沙漠边缘看树叶。甚至在城市里，每一棵在秋天变了色的行道树，我都会在心底珍重以待。合肥有条路叫徽州大道，路未负路名，路两侧遍植乌桕和银杏。一到秋天，一条徽州大道被这红、黄二色透透晕染，华美耀眼得像洞房。

这是城里的秋。城市难得见到秋光。

我小镇的家那边，也有条银杏路。因为临江，水汽重，天也冷得略迟几步。有一年初冬，我和家人晚上散步，路过树下，树下铺满黄金般的叶子，仿佛王宫被拆。彼时天空飘着初雪，薄薄的雪片，伴着银杏的金黄叶子，在灯光里漫然飘落。我被那样的一种奇美给惊讶得迈不动脚步了。

虽然在初雪里飘落，但它依然是秋叶。虽然已是初雪时节，可我依旧对一树叶子的飘落怀着千万不舍。

秋天于叶，那是一个植物登临悬崖绝顶的时刻。秋叶飘零，那是最美的诀别。

在最美的时候，诀别。这是植物的智慧。这个诀别的手势来得又酷又凛冽。

可是，到底令人哀伤。令人想见生命之暮，是如此飞速来临。

如果黛玉活到我这年龄，一定会在秋天，去扫落叶，去为一树秋叶凭吊。

那还会不会再写葬叶之类的歌行呢？大约不会了吧。人到了中年，面对满地落叶，多半是暗自心伤。只是心伤，路过树下，却只是朝也无言，暮也无言。

好像是丰子恺的译著吧，里面有一篇文章里有四个字“木叶尽脱”。这四个字，我爱了许多年。木叶尽脱，最后的繁华，被秋风这老贼，一夜攻城略地地搜尽。至此惨败，寥落，身无分文。

可是，败也败得这样身手凌厉。转身就退，绝不饶舌。

# 腊　月

我喜欢腊月，因为腊月有一种很务实的忙。这忙是紧锣密鼓，一拍赶一拍，不怕音高弦绝。

头一桩一般是蒸年糕。我尤其喜欢大雪天里蒸年糕。门外雪气凛冽，不出门玩，等着吃年糕，安静坐在灶边，帮大人看着灶膛里的火。蒸出来的叫年糕，又白又胖，慵懒卧在蒸笼里。门外的大雪也是又白又胖肥肥卧到门沿边，也不关门，由着雪的冷气和亮光一同拥进屋子里。

蒸过年糕炒米糖。一个腊月，灶都被烧得烫人，从前小孩子的湿鞋都放在灶边炕。那些日子，鞋子被炕得呀，穿在脚上都烫脚。不仅炒米糖，还炒芝麻糖、花生糖。还要做挂面。

我最害怕的事情是炸油荤。灶膛里的火烧得烈旺旺的，锅里的香油也烧得波浪滔天似的，豆腐切成条放进去，一不小心就“啪”的溅出油星子来。“奶奶，炸了！”我叫道。奶奶一巴掌轻轻扇过来：大丫头，叫你别说“炸”还说！可是，再炸的时候依旧说，依旧挨巴掌。依旧不舍得离开厨房，厨房里热闹啊，还有东西可以尽着我们吃。吃过炸豆腐，吃炸面粉条，吃炸糯米锅巴，还有山芋圆子、糯米圆子……

“上七掸尘”。腊月十七掸尘，错过了十七，腊月二十七一准掸尘。

母亲从豆腐坊拎回豆腐水，一路冒着白汽，回来给我们洗头洗澡。说是用豆腐水洗头将来头发乌啊，用豆腐水洗澡皮肤不痒而且白啊，我们当然愿意洗，以为长大后必得有乌头发和白皮肤才能讨人喜欢。那时候，洗澡盆放在朝阳的草垛边，借着草垛挡风来洗澡。我坐在澡盆里，享受着豆腐水的清香。冬日午后的阳光披覆在草垛上，也披覆在我潮湿的身体上。门前的许家塘清波粼粼，也像一口大澡盆，里面洗着太阳和云朵，以及树木的倒影。

腊月二十三送灶。过了送灶节，大大小小的鱼塘就要开始起了，一直起到腊月二十八九。

鱼塘起过，就要杀猪。穿着油晃晃大褂子的杀猪匠手里捏着一根香烟，带着几个副手一进村，一股杀气进村。小孩子们又恐惧又好奇，从草垛边纷纷探出脑袋来，高高低低地嚷道："杀猪匠来啰——"杀猪匠径直往猪圈方向去，躺在竹篮子里的杀猪刀犹见银光。我心里忧戚起来，替我家的大黑猪难过。我不敢回家，躲到大妈家床头边的柜子后面，依然听到嗷嗷的猪叫。

躲到傍晚，只好回家。家门前的场地上一大摊的红血未干，上面还杂着黑色的猪毛。我抬眼看看猪圈，猪圈门是敞开的，里面猪粪还在，猪睡觉的稻草还在……我们那里流行送猪血汤，就是杀了过年猪的人家，把猪血、猪内脏、猪油渣子之类煮一锅汤，赠送给左邻右舍，一家一大碗。母亲盛好汤，排放在锅沿边，安排我一家一家端送去。我就端了碗，送到大妈家，送到二妈家，送到三妈家。三妈接过猪血汤，轻声说："阿晴，你家的猪杀了哈？"我嗯了一声，头低着接过三妈还回的空碗，眼泪就要下来。晚上的汤，我一口都没尝，肉也不吃。每年杀过年猪，我都觉得好悲伤。

杀过猪，还杀鸡。公鸡母鸡都要杀，家家户户杀得鸡飞狗跳的。

我的悲伤在腊月繁忙的空气里一点点稀释，稀释到腊月三十鞭炮响后，才终于内心荡荡起来，觉得人间多的还是欢喜和热闹。当家家户户贴上红对联后，当一个村庄都氤氲在一片茫茫盛大的红色里之后，终于觉得人世有靠、岁月可待。

# 月明之夜

月明之夜，最有一种远意。做什么事，都觉得自己是在好远的地方做的，弃绝了八千丈红尘。

月明之夜，君子来访。

不喝红茶，不话那缠绵旧事，只双双神仙似的登楼。

登上高寒的楼顶，两个人，席地而坐，就着来不及破灭的泡泡，喝凉到筋骨的啤酒。吹旷古的清风。俯瞰街衢蛟龙出水，车流逶迤向远处游逝，霓虹闪烁卖笑……

仿佛已跟他在这个城市度过了一生一世。

只是短短的一晚啊。短短的时间在这样放大的空间里，仿佛被陡然拉长，拉长……

月明之夜，三五人一帮，相约去水边。那时我们多年轻啊，是年纪正当好的女子。

在空阔的湖边，提起长裙，绾起长发，赤脚走在浅浅的水边。温柔清凉的水啊，好像露水濡湿的丝绸，缠绕脚踝和脚趾。

水面平静，无惊无澜。月光细柔覆下，仿佛化成了人间的银色的湖。在这样的湖边，愿弃了那些浓情，那些华衣，甚至那些冰凉的幽怨。

就做一尾银色的鱼，也好。一直游一直游，会否在月色里游进天上的银河，在那里升华自己的卑微和孤独？

就做一枚扇贝，也好。一直等一直等，在湖底的淤泥里等，等最后一滴泪水和伤痛，凝结成了晶莹的珍珠。轻盈了，通透了，无怨也无憾了。像观音足下的莲花，朵朵清凉寂静。

我们这样年轻，长发覆肩，今夜在月色里，在水边，自在游弋，让时间走得缓慢悠长。

把静谧的湖水想成苍穹，把天上的那一轮白月想成是长裙上遗落的纽扣，我们是什么呀，是还没下凡的仙子，是还没染烟火的处子……

在这样的月夜，泛舟湖上也是一件自然的事。好像花开，必然会迎来蝴蝶的到访。

以脚踩踏划水的脚踏，湖就碎了。像古玉出土咔嚓碎了。像白莲花开到老碎了。像梦碎了。像等人的心碎了。

在碎碎的水声里，一路划到湖心。看月色茫茫，看湖水茫茫，心也茫茫了。觉得自己凝缩成了宣纸上的一个墨点，寂然的墨点，漂在一片空茫里，再不能还魂回去了……

月明之夜，开车路经江堤，路过一片夏夜的草地。

摁下车窗，江风荡脸而过。江风里掺了草香。草香仿佛是一袭薄薄的裙子，那穿裙子的少女已经从身边走远，只有那些隐约的粉香汗香和体香，在空气里缭绕不散，让人悠然沉醉。

那是江堤上的苜蓿草，白日里刚被割过，送到奶牛场喂牛。剩下这些草根草叶和草屑，剩下这些断断续续的相思，在月色里，相互安慰和传播。

月明之夜，坐火车。穿越城市和乡村，穿越山脉和平原。

月明之夜，开车去看旷野上的雪。

车子一路向前。道路越来越瘦，越来越眉毛弯弯，越来越信步而游的姿势。雪在路旁，雪在前方，越来越完整，越来越寂静。

月色下行车，驰行在一个琉璃水晶的世界里。好像已经不在这个星球上，好像已经飘进了宇宙最后的一处留白里。

古老的雪啊！在月色下，泛着近乎幽蓝的光芒。这光芒，照彻身体和心灵，把我照成一片冰凉雪亮的薄片，寂静，渺小，又有一点不轻易被摧折的凌厉。

是的，是凌厉。我悍然走向旷野深处，以自己微暖的体温，对抗这辽阔的寒冷。

在雪地上，一个人，越走越远。长发，黑衣，在银色的月下，在银白的雪上，雍容清雅。让自己在月明之夜，走成一滴千年老墨，在清凉里漫漶。

真希望，在这透明的白里，把自己走丢。这样我就纯粹了，我的世界，只有雪和冷了，只有黑和白。

似乎是为了今夜月下看雪，才特意养了这么多年长发，才养出了这样长的黑发。雪越白，我就越黑，我要在对比中被照亮。

不能再走了，再走就走到黎明的门口。

回去，路过人家的院前，梅花的香气在冷气里重重地弥散。与那疏阔的旷野相比，与那浩瀚古老的雪相比，梅花飘香这样的小情小调，又怎能令我驻足？

月明之夜，我活得好远。好远。

# 第四辑

# 少年读

读到宝玉出家，茫茫的大雪，雪影里一个人，在船头躬身拜别父亲。这一回，倒没落泪，可是心上却是闷闷沉痛好久。是岁末，窗外也是大雪，月光下，一白到天际。回头体味文字里弥漫的那种辽阔无涯的哀伤，和空寂，仿佛没懂，又似乎懂得了。

# 少年读

回眸处，是一段葱绿葱绿的时光，潭水一样宁静，又青草一样蓬勃。那是一段悠长的少年时光，沉湎于阅读的时光。

唐诗，宋词。《红楼梦》，《简·爱》。席慕蓉，三毛。是那些美妙的书香将我的少年岁月浸染，浸染得有了与众不同的意味。每每回忆，内心充满感激。感激岁月年华，感激文字。

犹记当年读宋词。读李清照，“花自飘零水自流。一种相思，两处闲愁。此情无计可消除，才下眉头，却上心头”。读得眼前水雾迷蒙，心儿无着无落的，一时间也惆怅不已。那一个少年的人呀，也化作了一片薄薄的素白的落花，在晚风里，在流水上，到了远方。后来又读苏轼，读到“大江东去，浪淘尽，千古风流人物”。再去看外婆家门前的浑浊江水，全然又是另一种景致。长江多老啊，那么多樯橹灰飞烟灭的往事，都在江水之上演绎。从此，我看到的长江，不再只是空间上的长江，更是承载着厚重历史的长江，是飘散着酒香墨香的长江。它苍茫，雄浑，深邃，风雅。

大雪天，读《红楼梦》，真的是拥炉夜读啊。记得老师曾偶然说过，中国人不读《红楼梦》，都算不得中国人。寒假一开始，就借了《红楼梦》回来。晚上，母亲早给准备了个手炉，是那种红陶的手炉，里面盛了碎碎的炭。手搭在手炉的拎手上，书也搁在上面，一夜夜地翻阅，连书也添了木炭火的香。就着那一炉温暖，一个寒假，读一本传说中的《红楼梦》。读到黛玉焚稿，然后病死，一时悲痛不已，手炉也不要了，只歪在枕边无声大哭，泪湿枕巾。窗外寒风萧萧，是深夜，只觉得满世界苍凉空旷孤独。再读不下去了。一部《红楼梦》，写到黛玉之死，就可以收尾了，再不必写了。那时这样以为。换夜再继续读，又读到宝玉出家，茫茫的大雪，雪影里一个人，在船头躬身拜别父亲。这一回，倒没落泪，可是心上却是闷闷沉痛好久。是岁末，窗外也是大雪，月光下，一白到天际。回头体味文字里弥漫的那种辽阔无涯的哀伤，和空寂，仿佛没懂，又似乎懂得了。

后来，又抄席慕蓉的诗歌在小本子上，一首又一首。书依然是借来的，《七里香》《无怨的青春》，好几大本诗集，抄得满心欢喜又沉醉，哪里嫌累！然后，自己的枕头底下便多了个湖蓝封面的本子，那里面有我写的诗歌，席慕蓉体的诗歌。偶尔借给体己的女同学看，她也给我看她写的诗。我们像两只幸福的老鼠，偷偷分享各自的文学青果。在被窝里，打手电筒读三毛。撒哈拉沙漠在哪里呀？荷西是个大胡子的男人，真的很有魅力吗？长大后，我们一道也去远走天涯吧！那时，我们两只文学的小老鼠已在密谋大计。内心有小甜蜜，嘴巴上不好意思说，其实心里都想到那远走天涯的队伍里，一定会添加新成员，他是我们各自的荷西。他要不要也是大胡子呢？再想想，再瞧瞧……

如今，回头想这些读书的琐碎细节，深感文字的魅力有时是，一个人在一本书里活了几辈子，大悲大恸大欢喜，小忧小愁小甜蜜。就这样长大了，内心丰富了。合上书页的那刻，沧海桑田；窗外阳光刺进来，啊，世上已千年。

是啊，世上已千年。每每看到现在的孩子有那么丰富的课外读物，我总禁不住心底苍老地一叹。当我在一所中学自编的校本教材《文海撷英》里，又看到了那些喜欢的文字时，忽然有一种血液倒流的激动，仿佛回到青涩年少。“唐诗四季”“魏晋风度”，豪放派词，婉约派词，《红楼梦》，《简·爱》……看到这些自己曾经喜欢、一直喜欢的文字，仿佛在单调无聊的长路行走中，看到一处深谷碧潭，看到一丛篱下白菊，看到春水涣涣处云生，看到青草离离处鸟飞。

# 洋　红

各种红色之中，我似乎是最爱洋红。

咱们传统的大红，红得有庄严的意思在里面，总像是要做惊天动地的大事的样子。面对大红，仿佛神灵在侧，你不敢贸然言语。大红也喜气，但那喜气里有一种不可冒犯的凛然，蕴含着秩序感。说到底，大红令人拘谨。

洋红就不一样了。洋红，红得明媚、热闹，很有一股扑面的民风。洋红像胆子大的花儿，可以乱开，春天开，冬天开，早上开，晚上开，山顶上开，溪水边开。哪里都可以热闹，随时都可以热闹，一路缤纷没关系，没人拿眼睛唬着你。

从前，在我们乡下，做喜事，最喜欢用洋红了。

小孩子出世，年轻的爸爸要到亲戚家报喜，报喜时要送上喜蛋。红红的喜蛋，蛋壳上染了洋红。小孩子还没出世，乡下的外婆已经在准备小孩子的衣物了，从里到外，从头到脚，穿的戴的，一应准备齐全。还会准备一大叠尿布，是白土布做的，裁成两尺见方的方块，染上洋红。

我记得，从前我奶奶经常会给小鸡的鸡毛染上洋红。那时的乡下，每到春天，几乎家家都会孵上一两窝小鸡。这样，左邻右舍的小鸡们在一起吃草啄虫时容易混淆，为了分辨出自家的小鸡，我奶奶就会买一点洋红放进碗里，然后一只只地染红小鸡头顶处的绒毛。我和弟弟那时经常帮奶奶捉小鸡，毛茸茸的小鸡在掌心上挣扎，令人又心疼又欢喜，我们手上也沾满洋红。

那些被点了洋红的小鸡，仿佛有了姓氏的孩子，在河边的阳光下啄食青草，好像一朵朵活泼盛开的花儿。绿树青草与碧水之间，这一点一点轻快跳跃的洋红，让寂静朴素的乡下，也有了繁华生动。

洋红是这样民间，它最有民间的热闹，不隔不硬。像天使，可以入住千万家。

齐白石画画，最爱用的颜料是洋红，也叫西洋红。他笔下的梅花，不孤傲隐逸，不清寒冷艳，而是充满热闹和喜气，可见白石老人对世俗生活抱有一种饱满热烈的情意。他画梅，用的是洋红。他曾说："昔时之胭脂，作画薄施，其色娇嫩，厚施，色厚且静，惜属草产，年久色易消灭。外邦颜色有西洋红，其色夺胭脂，余最宝之。"与中国的胭脂相比，他还是更喜欢洋红，洋红更饱满，更有生命力。

有一回，诗人艾青在伦池斋的一本册页上看到齐白石画的樱桃，鲜艳可人，就想买，结果价格没谈妥，于是转身去齐白石家求画。白石老人当即给艾青画了一幅樱桃，可是，却没有艾青在伦池斋的那本册页上看到的好。白石老人说：西洋红没有了。

因为缺了洋红，即使是齐白石一手画就的画，也会逊色得叫人黯然。

洋红，热烈，明亮，又有一种民间的亲和，最易打开人的心扉。所以，吴昌硕用洋红，齐白石用洋红。

初夏去乌镇，逛过茅盾故居，逛过染坊，走过小桥流水，走过悠长的街巷，临走买了一件麻布开衫。瘦瘦长长的苎麻开衫，洋红色，穿上身，搭配白色长裙，特别入画。

后来，有一个画家画我，我就穿了那件洋红色的开衫。那幅画，画家很喜欢，画面热烈，人物像要从画里跳出来。画家画我的洋红开衫，用的洋红颜料，是特意托人从国外买回来的，明亮，生动。

如果没有那件洋红开衫，那幅画，大约也会寂然朴素一些罢。

我们住在民间，没有太多的大事要做，最惬意的时光是穿一件洋红的衣裳，或者披一件洋红的丝巾，沐浴着无边无际的阳光，悠然于垄上，做一个实实在在欢喜的人。

把洋红当成姓氏，明亮地活着，热烈地爱着。把自己散养在民间，在缓慢的光阴里。

# 缘断水墨

其实我是想学好水墨画的。

在那座小县城里学美术时，第一节课上，美术老师让我们每人随意画一幅画，以了解学生的底子，我画了一幅出水芙蓉。老师疑惑地问：是你画的吗，刚才临摹了吗？我说是我画的，当堂如何临摹去？老师记住了我。后来在一次实物写生课上，同学们面前摆满了坛坛罐罐的东西，我们那一组画的是一个鸭蛋蓝的颈细肚大的瓷瓶，调色时，只我一人把那颜色较准确地调出来了，涂在纸上，老师站在我身后看了一会儿，无言。后来几次交往，老师夸我色彩感觉好，希望我跟他学画，可惜他画的是油画，主要教的也是油画。好不容易遇到了一位识我的伯乐，可我们终究无缘，我爱的是水墨。

我总觉得油画的线条太过生硬，色彩太过繁复和炫目，所有的形象太过逼眼，写实太多缺少给人遐想的空间。就像我交朋友，如果这位友人言词太过张扬，情感太过浓烈，这样的友人我最终都会弃他而去；我喜欢平常不见时不时想起的朋友，彼此都能给对方留一番念想的空间。就像水墨画，用料简单，只有墨和水，通过墨的浓淡疏密，毛笔的皴擦点染，于是便有了水的壮阔邈远，山的逶迤远近，天空的高远，林木的幽深。尽情写意，意境深远。

后来我遇到了一位教水墨的老师，第一节课上他展示了他很多的水墨作品，让我发痴。此后上课我就痴痴地看他用一张宣纸、一支笔、一瓶墨、一杯水，胸有丘壑，简单而快速地勾线，然后挥毫泼墨。然而正当我痴痴地看，还未来得及拿起笔潜心去学，这位老师就匆匆别我们而去，可能他有他的理想吧！

我的人生似乎总有这样的境遇：那些我不以为意，被我忽视的东西就像路边的道旁树，走过了这一棵，前面还有相似的那一棵等着我，而我苦苦追寻的东西就像飞行的小鸟，调皮地落到我的肩头，我只能眼睁睁痴痴地看，当我伸手去摸，它早已飞走。

后面接着教我美术的还是那位画油画的老师，他对我依然充满期望，希望我跟他学油画。有一次学校请来了著名的书画家叶晓山先生，在四楼美工室作画，老师特意叮嘱我去看看。要知道他的几百名学生中他只通知了两个人，一个是跟他勤奋学画已有成绩的师兄，一个是从未正经跟他学过一天油画的我。作画前，叶晓山先生打开他的文具盒，拿出大大小小不同型号的毛笔，然后他边画边讲解，我细心地看着、听着。他画了两幅中国画，一幅是寒崖上立着的一只孤傲凶猛的苍鹰，一方淡墨染出了云雾深处冰冷坚硬的岩石，浓墨突出苍鹰，细笔勾画出老鹰的一双细爪和锐利的喙。另一幅画的是虾，几点淡墨，虚实相连，便画出了虾的几节身体，然后细笔随意勾画，便画出了姿态各异的虾的触须，疏密有致，活灵活现。惊羡之余我的心是酸涩且茫然的，我知道，此后我将难有机会再学水墨，更不要说看名家作画。我和水墨，就像洛水上才子与佳人的惊鸿一瞥，然后从此又各自人海茫茫。人生有多少这样有心无缘，有缘却没戏的事啊！

我终没有跟对我抱期望的美术老师学油画，并且从此我的美术作业交上去马马虎虎，优少良多。算是感激，我曾庄重地做过几回他人物写生的模特，雕塑一样地坐在凳子上，本想学画倒成了别人画里的风景，荒诞之余我曾暗自心伤，为的是我那难以释怀的水墨情缘。

许多年过去了，如今就算我义无反顾地抛开所有的繁务，携宣纸几张，于茫茫人海中寻得我那连姓什名谁早已忘却的画水墨的老师，他还肯收我这个长发早已盘起的妇人吗？人生里的许多遗憾怕是真如我的一幅不曾完成的水墨，浓浓淡淡的几点墨，深深浅浅的几分情，蘸在笔尖，提在半空，却终究无法在一张岁月的纸上落墨成高山远水的风景。

# 少年芦笋

人生里最美好的恋情，应是，初见他时，他正少年。

与芦笋就是。

春二月，甩着一袖管薄凉的风，与堂姐或年轻的姨娘相约着去江滩上采芦笋，有《诗经》里采葛的古风。

二月的长江，江水初平，那些芦笋，才从沙地里拱出来，两三寸长，周身是凉浸浸的绿。二月，虽是采得早了些，可是这一见，终是不舍，总要贪一点欢吧，哪怕这缘分极短极浅。所以，拿了铲或锹，二月采芦笋，其实是挖笋。不用力的，铲子贴着芦笋，按下去，铲尖只轻轻一撬，砰的一声，玉白的笋根断了。仿佛玉郎对面伸手来，只盈盈一握，他啪的禁不住，笑了，这样的初欢喜！弯腰捡起来，这厢细细来端详，那笋根卷轴一般粗细，极白极嫩，不忍心掐的，一掐，尽是汁水。

采满一筐，回去，剥去外皮，倒进开水锅里焯一趟，捞起来，略略冷一下，然后放进备了清水的桶或盆里，养着吧。刚刚焯过的芦笋不可以当菜来吃的，它总有一点涩，和诸菜同盘，主角或配角，味蕾上总是别扭着。

一日换一次水，待到青涩吐尽，真味呈现，便是佳肴了。养了一两日，捞起来，用手指或剪刀将它从中间掰开，莹白的笋根仿佛象牙的挂饰，矜贵，雅致。掰开后，清水里再略略洗一次，它不脏，它只一点涩，淋去了就可。洗好后，滤一下水，然后叠放在白崭崭的瓷碟里，终于翩翩一少年立在眼前，羽扇纶巾，好不儒雅，叫人向往。

得去寻和它配戏的女一号了，谁呢，韭菜，春后第一刀韭，只有它才配得起。冒着无边丝雨，割一刀鲜嫩嫩的韭菜回来，洗尽了，切得比芦笋略短一点点，韭菜总不宜太长吧，怕的是这一对小夫妻后面要磕磕绊绊。切好后，打火，锅里放植物油，再挑一点猪油，猪油只是凑个热闹，不要多。待油在锅底开始冒一点烟气时，将芦笋和韭菜一并倒进锅里，嗞啦——锅铲子赶紧来翻，你侬我侬，嗅觉和听觉里，那个欢啊！其间，半空里撒点盐，还略略撒点白糖，待韭菜稍稍软了腰身，补添几粒味精下锅，翻匀，起锅，盛在白的浅的碟子里。没有太多的作料，没有太烦琐的工序，这一场姻缘，是平民的，不显赫，不盛大。翠绿的韭菜，莹白的芦笋，韭菜的清香，芦笋的脆嫩，这是男耕女织，相得益彰。舒婷的《致橡树》写道：我如果爱你……我必须是你近旁的一株木棉／作为树的形象和你站在一起……这一次，韭菜和芦笋，在最好的年华里，相依相衬，平等地爱在一起。

也还有另一种吃法的，沧桑了一点。去年冬天腌了一串腊肉，挂在房梁上几个月了，其间腊肉配着绍兴的霉干菜烧过了三两回，也配着黄花菜烧过，都吃得腻了。芦笋是一样的洗法切法，备在白碟子里。咸肉温水里过几趟，切成薄片。作料有，葱、姜少许，切成末，还有黄酒一汤匙，说着说着有了醉意。打火，少许植物油下锅，葱、姜下锅，薄薄炸一点香味出来，然后咸肉下锅，翻炒三到五分钟，加黄酒和盐，添一点水红烧约三分钟，熬出油来，然后倒进芦笋，翻炒，转小火焖。待咸肉的油熬进了芦笋的肌理里，油头光面，清俊的芦笋终于有了几分阔少的习气，添鸡精少许，翻匀，关火起锅吧。这一次，盛在深的白碟子里，陈年的最后一刀咸肉，配新年的第一叠芦笋，这是一段忘年恋，像法国杜拉斯的那最后一场恋情。于咸肉，等过，熬过，到底有了这与芦笋的一遇，当惜，所以，那碟底的汤汁，也是浓情厚意。

三月的芦笋长有尺把高，采的时候已经不用挖根，根老了，只平地一掰。焯之前，还要狠狠折掉一大截的稍子。吃的时候，口感稍显粗粝，已经快中年了！过了三月，芦笋尽管往高处蹿去，这时候，只能看了，吃不得。秋天，站江堤上看去，它们如林如墙，有隔岸的远意，少年子弟江湖老，爱不得了，只远远地怀念吧。

# 古城墙上的行走

西安的城墙建于明太祖洪武三年（1370年）至洪武十一年（1378年），是中国现存规模最大、保存最完整的古代城垣建筑。去西安，肯定要上去走走的。

抬头，夏日的阳光亮得很，像白水，从青砖铺就的墙体上纷披而下，自墙角漫到我们的脚尖。拾级而上，就有点踏浪前行的惶然，历史是海吗，粒粒水珠，涓涓溪流成年累月汇就。

整个城垣呈长方形，东西长，南北短，周长13.9千米。城墙是实体的，底宽15—18米，墙体高12米，中间夯土，顶面再铺砌青砖，成平整而开阔的路面。

走，租一辆自行车，以车代步，肯定要快些。从“长乐门”顶出发——太喜欢“长乐”这两个字了，想着古城的人们每天进进出出在长乐之下，好生羡慕。南唐后主李煜有词“自是人生长恨水长东”，倘是立这一句词里再看那“长乐”二字，像蹲在枯井里看天上的满月，美好的东西似乎虚晃一下，就不见了踪影。

往前骑着，一路上来来往往的客，阳光迎着送着。至“文昌门”顶，又是个吉祥的名字！停下来，靠右看去，城墙下面是飞檐叠瓦的房子，问熟识的人，答说是碑林博物馆，也难怪，一身青灰色的建筑，关不住的墨香。这碑林博物馆建于文昌门后是对了。

途经南门，还是喜欢它旧日的名字：永宁门。繁华之后，灿烂之后，要是有个软着陆——永宁，就真的很好了。或者饱经苦难，阴霾散去，天下太平，大地复归于永久的宁静，像上古时代。我一直希图寻求一种介于出世和入世之间的最平和的状态，就像在那个山村的夜晚，一盏灯下，和一位远道而来的作家谈起我的小说时，我说的一句话：于无为处有为，于有为处无为。不知这样的状态距离“永宁”还有多远？

再往前走，又有两座城门的名字有趣，一是朱雀门，一是含光门。朱雀在中国文化里，有时指方位和季节：南方；代表夏季。此门在南边的城墙上，如此取名是有道理的。其实再寻根究底一下，朱雀又名朱鸟，四灵之一。朱为赤色，像火，南方属火，故而又名凤凰。因它有从火里飞翔获得重生的特性，如同西方的不死鸟，故又称火凤凰。这样浓墨重彩的华丽，这样生生不灭的霸气，只有皇家的门才敢这样从容取名吧。倒是“含光”二字，于我，无论为人为文，都有启发。关于光芒，或者锋芒，今人性子急，总喜咄咄逼人地露，不喜韬光养晦地“含”。

我的兴致，似乎就在那些城门头顶上的名字了，而不是脚下的路。其实古城墙顶上，慢慢走下去，就觉出了单调，除此，只有辛苦了。我想起了行脚僧，尤其是古代的行脚僧，或为寻师求经，或为教化他人，云游四方，跌破了多少回膝盖，磨穿了多少双鞋。不记得是哪一年看过的哪一幅画，画里一行脚僧负笈自远方而来，背景是辽阔的沙漠，细细的小河，和河边的沙丘。他的脚穿过关山，蹚过大河，此刻也许刚从沙漠那边的另一个国度而来。为寻求佛法，不计脚下的苦难；为宣扬佛法，也同样不计脚下的苦难。人，在人世的行走里，也多多少少扮演着行脚僧的角色吧，为获得爱，为给予爱，在时间里一刻不停，苦并乐着。

继续向前，拐个弯，再继续向前，就能看见安定门了。再往前，就是玉祥门。安定门和玉祥门都在西边的城墙上，依然是美好的祈愿，我喜欢这些有年头又温暖的词。其间的行走里，遇几个白肤金发的洋人，夸张一点，身高有丈余。相互挥手打个招呼，各自远去。生命里路过许多人，更多的过眼即忘，能终生铭记的，一两个就够了。

好了，一转弯，就到尚武门了。尚武门在北边的城墙上，这让我想起中国古代的外患似乎都来自北方。早自秦朝，就有匈奴来犯，然后对抗历经两汉、魏晋、五代十国、隋、唐。其后有契丹、女真、蒙古等。直至清时康熙皇帝亲自出征噶尔丹，那也是扬鞭北方。有人说，要想与狼共舞，首先自己要变成一只狼。创造了几千年封建文化的汉民族作为农耕民族，面对剽悍野蛮的游牧民族，要记得做的一件事就是“尚武”。生女当丝织，生男当习武。一个人，骨子里不能没有点不屈的东西。

就这样走走，想想，又到了安远门，然后再拐弯，到了东边的朝阳门。自行车爬上一个小小的坡，停下，是长乐门。终点又是起点。下吧，沿着上来时的台阶，一步步下去，有点留恋，不是太多。那边，如潮的游客正挤着上去，像我一样，来试图在一截截的城墙上触摸历史，或者其他。

而历史，似乎就是川流不息的人群，在坚实的土地上，走一圈，留下脚印。而更多的人，如我这般，寂然的行走里，什么也未曾留下。

可是也不悲哀，因为经过了那么多的门：长乐、安定……还遇上了那么多的人：说过话、牵过手、交过心，甚至一点点相怨生根。

# 中年看湖

看湖，看的是洪泽湖。

仲秋已过，披一身沾着秋草味的阳光，在江苏泗洪县境内的洪泽湖畔，看残荷，看芦花，看万顷的银色湖面，分外有一种中年的况味。

车到洪泽湖边，已是黄昏，放眼远望，一轮橙红的太阳滑到西天，悬在晚天和湖水之间，如珍珠含于半启开的蚌中。湖上帆影寥寥，想渔民应该收网归去，唯留下一片空阔浩茫的湖水，于烟霭蒙蒙中，往天尽头铺开。湖水在沁凉的秋风里，皱了平，平了皱，波光熠熠。独对这晚秋湖水，只觉得半辈子的岁月也如这湖水一般，在眼前层层叠叠地展开。

这是中年的湖啊!

坐船，看湖边湿地的芦荡，这里被誉为洪泽湖湿地公园。芦荡里穿梭，看芦苇千秆万秆，细细弱弱，顶着微白的芦花在晚风里摇曳，那分明是华发初生的青衫先生，身前身后，与新知故旧隔水作揖。这作揖里，有相逢的欢喜，有长别的忧伤。我们的船儿就在这欢喜和忧伤里前行，蓦然回首间，只见莽莽苍苍的一丛丛芦苇，在暮色与波光里，沉淀成浓重的黛色，在身后退去，退去……这秋湖上的芦苇，当年曾是陌上风流一少年，如今已做风雨江湖上的倦客，开始以苍寒的气质示人。我忽然动情，只觉得，我也是这湖上的一秆芦苇，我和它们一样，青葱的春夏时光已过，此后，都是各自经霜的中年岁月，生命渐呈另一种气象与景致。

船在行，残荷的影子，淡墨一样，在船舷边，在伸手可握的一把秋风里。有的团团挤着，挤成一汪老绿。有的稀疏地立着，三秆两秆，各怀惆怅的样子。有的已经枯萎，皱得卷了，卷得紧紧的，似乎下定了决心要藏起自己的容颜，不再下楼迎客。想想春末，清荷出水，袅袅婷婷；待到夏日，千朵万朵，千娇百媚，红到日边来。如今，它们是卸了妆，收了心，单拣素衣素裙穿，盘算着去过此后的寒凉岁月。

逶迤穿过芦苇与荷丛，船儿一折身，拐个弯，出来了，哗——眼前，万顷的湖水迎面撞向船头来。忽然间，竟有大梦初醒之感。壮阔而纯粹的银色，微微颤动，如薄醉的夜晚，后半夜醒来，陡然看见的一窗子月光，顿叫人心澄澈清明。船行湖上，一船的人哑然无声，刚刚穿过芦苇与荷丛时生起的那一点怅然若失，也仿佛被这无垠的湖水覆盖了，稀释不见了。

抬头看天，夕阳已落，只一片苍灰的天幕似的罩着，和银色的湖水在远方合抱起来，在这个巨大的臂弯里，是我们的船，还有翻飞的一群白鹭。我们和白鹭，在这辽阔的背景反衬下，显得分外渺小。是的，我们都是渺小的，被宇宙自然呵护着。在这黄昏的平静的洪泽湖上，在这秋水长天之间，在充满家园气息的芦苇与荷丛面前，我们感到安稳妥帖。

少年看海，中年看湖。少年时，我们喜欢未知，喜欢波涛里前行，渴望经历摧桅折杆九死一生的传奇。中年时，我们经历了生命中的那些红菱一样美好的时光在一点点失去，我们看见在浩茫的尘世面前生命个体的渺小与卑微，于是懂得，像面对一片平静而浩渺的湖水一样，面对此后的红尘岁月，沉稳淡定，心与湖宽，心如湖平。

深秋的晚风自洪泽湖上吹来，凉意渐紧，我裹了裹衣衫，踏岸回去。回去，从此揣一颗看湖的心。

# 在水一方

如果时空可以错乱，那么夜夜经我枕畔，流进我梦里的该是千百年前的一捧又一捧清清江水；夜夜在我窗台上小憩的那轮明月，也定是沉落在千年之前的江水里那白白的一轮。

不是故弄玄虚，只是我日日行走的这一方土地千百年前还是长江的河床。大约是灵动的江水早料定千百年后会有一群群拓荒者迎着它走来，于是自雪山而来时，路经青藏高原顺手揣了一捧黄土，沿途撒播成一块块冲积平原。也许它路经我的家乡高沟时一时欢喜，步子慢了些，于是便有了地图上半岛式的高沟地形，便有了这碧水之畔我的祖辈、我的乡亲、我的后辈的家园。

是的，家乡高沟是长江中下游一块最年轻的半岛式平原。上溯百年，它其实是个移民镇。小时候，不止一次听父亲说，和所有乡亲一样，我的老家在大山里，我的太公，我的爷爷，最早的一批拓荒者，老了之后都葬回在那里，那里有我不曾谋面的同族兄弟。

关于百年前的那场大移民，脑海里的画面是：元宵节过后的一个夜晚，一场宗族的会议在祠堂紧急召开，一位德高望重的长辈在决定哪一个子孙离开聚族而居的老宅，做一个离乡的人。然后是翌日的天未明，一根扁担已挑起满副家当，身后是女人和孩子，脚步匆匆是为了赶得上一场春耕。我也想过，百年前的高沟，一块荒芜的江滩上是连天的芦苇，挥舞锄头的人群里一定有一个声音：娘，我想家！也一定会有一个更响亮的声音：孩子，我们不回去了，我们用锄头和锹来丈量更大的新家！

也许自那时起，在水一方的高沟人血管里便已灌满了开拓荒芜建设繁华的雄心。一条无为大堤横贯东西将高沟细细描画成南北两块，南边的，是银白的棉田，北边的，是连天的水稻；南边的江上渔舟唱晚，北边的河里珍珠粒粒圆。只是如果只有这些阔绰的绿色，总显单调了些，缺少了些鲜活和生动。

一方水土养一方人，一方人爱一方水土。我不喜欢一种深沉的爱只流于口号或文字，却迟迟不见行动。扛起一把雪亮的春犁探向大地，去裁剪黑绸缎样的土地，或如棋盘，或如玉带。是的，爱她，就去装扮她，就像一个有心的小伙子送给心上人一串珍珠。只是如今镶嵌在高沟额上的是一串夜明珠，两条环镇公路像两根银色的丝线，一家家生产电缆的民营企业由丝线串联。工厂里日夜灯火通明，按时交接班的是制服整齐统一的年轻工人们。古老的长江大约没有想到，长江之畔的高沟人用车间里高高亮起的灯火为它夜晚寂寞的流水送行，用高亢的机器轰鸣声来呼应它千年的涛声。

每年的三月，清明的雨没有忘记洒在这块耕作历史如此之短的土地，没有忘记凭吊这土地上曾经的拓荒者们。那时，我的乡亲们总会结伴去大山里看一眼已经睡下的一辈，然后回来。回来，我们还是高沟人，勤劳智慧依然开拓的高沟人。关于大山的那份惦念就让长江的流水捎给大海，由大海捎给白云，由白云辗转交给大山里那片葱郁的绿色吧。因为，在绿色之外还有另一片更神奇的土地正在开拓，那是市场！

命运是如此玄妙神奇，没有百年前的宗族会议，没有一场浩荡的大移民，如今的高沟人竟也遍布海内成了新时代的徽商。从东北的黑龙江到西北的新疆，从东南沿海到西南边陲，到处有高沟电缆企业的办事处，有高沟人洽谈业务的忙碌身影。在外的人，我总忍不住问他们想不想家，电话那头常常无言，也有说“已经习惯了”。只是为了开拓荒芜，只是为了建设繁华，总把异乡当家乡。

江水也许还似千年前的江水，明月也许还是悬挂在千年前的那一轮，我的乡亲也许还像先辈一样怀揣疼痛浓烈的乡愁奔波在异乡和家乡之间，但我们的家园却在自贫穷向富裕节节攀登。

在水一方，在一带长江的臂弯里，是我脚步匆忙的乡亲，是我的乡亲汗水里、掌心上，日益缤纷的家园。

# 名词，动词，形容词

初写文章，喜欢积攒形容词。好像兜里装了几个形容词，自己就可以像暴发户一样偶尔嘚瑟，最起码，出来写几段文字时心里不慌张。形容词可以帮我们撑面子、撑场子。

有几个文友，早几年，直言自己喜欢哪几个形容词，自然，写文章时，会不时端出那几个鲜艳的形容词来待客。我从前也热爱形容词，喜欢用“薄凉”之类，一用再用，现在回头看，总有些羞赧。

形容词很虚妄，是飘的，无根，不及物。它华丽，但空洞。只能用来修饰句子，修饰初写的笔。它做不了主干，成不了主角。最要命是，它可以到处修饰，傍谁的肩，都亲昵。

如今偶读一些新手的文章，劈面就是成片的形容词，堆砌万里长城一般，就会想到曾经的自己，就会莞尔。这样的文字，我一般看不完。

形容词要节制着用。

满头戴花的是傻村姑。闺秀只一朵，又孤又美。

以前交朋友，容易对形容词一样的朋友上心，他们快热，一见面就跟自己很亲似的。他们习惯赞美，让人总是以为：原来如此懂我啊！一转身，他们又蝴蝶翩翩地去别处热闹了。

现在，面对这样的形容词朋友，会以礼相待，但也仅仅到此。谁说的，如果你给我的和你给别人的是一样的，那就不要给我了。

玩得转动词的是江湖高人。

一回旅游，一帮子朋友在大巴车上，旅途无聊，于是想点子来乐。朋友小氓虽一介女流，却奋勇站起来，提议每人说一句情话，比谁的情话最肉麻。于是说情话游戏从小氓开始，按座位顺序依次从前往后说，平时羞答答的姐姐妹妹们，这一回也大着胆子红着腮帮子说些“想念”之类，大家觉得不过瘾，不够肉麻。这时，一位叫陈荣来的新朋友站出来，接过话筒，一本正经地说：“看到你，我真想Cha一口。这里我用上拼音Cha，因为字典里根本就没有这个第三声的Cha。Cha是我们当地的方言，一般形容畜生很凶猛地一口下去，很解馋地啃吃着食物。”陈荣来说过，车厢里哄然大笑，我当时笑得眼泪出来。第三声的Cha用得太生动太鲜活了！

动词就是这样，一个词救活一段文字，救活一篇文章。一个词，能读得人热血沸腾、青筋暴起，一个词能读得人柔肠缠绵，三生三世不能忘。

鲁迅写小说《孔乙己》，小说里，穷困落魄的小知识分子孔乙己第一次出场时，在咸亨酒店喝酒，喝过结账，他在手掌心“排”出九文大钱，一个“排”把一个小人物多少丰富的内心世界给呈现出来了。还有小说后面，孔乙己最后一次出场，已经残疾的他喝过酒付账，已经是“摸”出四文大钱。这个“摸”让人想到多少内容啊，是更穷了，彻底的穷困，彻底的凄惶……

动词，玩的就是一招致命。没有太多的废话饶舌，没有虚张声势，只出手一次，让你疯狂，或者让你灭亡。

在用得绝妙的动词面前，我们是虾兵蟹将都算不上，还妄图兴风作浪，只觉得惭愧。道行不够啊！

恋爱的状态是动词，回忆的状态是名词。恋爱，是那人的一句话、一个眼神、一个不经意的小动作，就足以令自己万劫不复。回忆不一样，燃烧过了，生死诸劫也穿过去了，看自己，像看另一个人，像看玻璃里压着的旧照片。

名词是世外高人。有一天，脱下满身珠光宝气的形容词，也弃了闪电般的兵器闪电般的动词，都不留恋了，一身素衣，隐于市井、山林、水滨。这是名词的状态。

张岱的《湖心亭看雪》，形容词极少，也无多少动词来施展身手，但是，文章却美得空灵坦荡，无人可比。

热爱形容词和动词，或者是内心火气重，或者实在是功夫了得，但是，当正经用起名词时，内心已经是不争的状态。因为不争，所以气息平稳。

慢慢会信赖和依赖名词，朴实，可靠。即使需要修饰，也是名词出场，早年喜用“薄凉”，如今喜用露水和晨霜，就像煮茶鸡蛋时，用老莲蓬代替酱油来给鸡蛋上色。

信赖名词了。就像情话，到极致处，只是朴素。别人赞美你，思念你，我只拿你当亲人。

名词的时光，是贝壳，草，棉麻；是素颜，静默，接纳与包容。

# 是是非非的吐丝

江南养蚕人是要把蚕称为蚕宝宝的，可见其爱。听说，蚕的寿命通常也就是一个月多一点，心里悄悄疼了一下。也听说，江南人在蚕吐丝的那段时间里，家家户户都闭门谢客，唯恐有一点点的喧哗，惊了这宝宝，它就不吐丝了，它太胆小。于是听人描述的时候，也不敢出一点大气，感觉吐丝是那样一个羞怯、神秘、玻璃般玲珑易碎的过程。像在月光下的树林里看天上的仙女在人间沐浴，只能向往，只能朝圣般俯首闭目地安静，是不能走近的。近了，神话就碎了，碎成一地冰冷的月光。

读李义山的句子："春蚕到死丝方尽，蜡炬成灰泪始干。"知道"丝"是谐音"思"的，知道这是千古流传的爱情盟誓。便以为，春蚕吐丝，只是一场从生到死一点不打弯的痴情。蚕是生而为吐丝的，日日夜夜的吐丝在一寸一寸耗尽蚕的生命——自从和某个冤家相识，从此一生便耗在了对那人的无尽的思念中，不问值与不值。如此，蚕的吐丝是深情的。

后来，这深情有了更广泛的外延。所有在平凡岗位上默默奉献自己热血青春乃至生命的人，都成了一只吐着丝的春蚕。教师，医生……春蚕吐丝，这一次从厢房里牵出来，稳稳端坐高堂上，享尽讴歌。

看到"作茧自缚"四个字，心头忽然就一阵麻。扬名了几千年的吐丝，忽然之间，吐丝就成了罪孽。还要遭人耻笑——迂腐，顽固，不识时务，不明事理。文字里的蚕的命运，竟也这样颠沛流离。王孙公子，贵妇宫妃身上的绫罗绸缎，怎就忘了呢？顺着常人的目光看那“作茧自缚”四个字，想那吐丝竟是用情极深，可惜用错了地方，便成了无谓的纠缠。吐丝一事，当初的神秘、崇高、威严都没了，像王子落难民间，贱了贱了，还躲不过万人的耻笑。

在苏州第一丝厂看见一个女工剥开了一个茧，里面躺着相对而抱的两只蚕，心底溢出四个字：低调地爱。内行人解释说：不是所有的茧都可以理出丝来，大的茧里是两只蚕同时吐丝，丝头就乱了，只能用来做蚕丝被。于是动情地想：这两只蚕淡泊名利，无意于身后的丝是否走进华堂，披在贵人身上。只要两个生命能终生抱在一起，我的丝缠着你的丝，一辈子在这座巢里不出去就好。至于做衣还是做被，那是身后的事情；贵还是贱，成还是败，也由外人说去吧。抱定了一生不弃的，像《胭脂扣》里的梅艳芳和张国荣，约定了为爱一起去死，纵然一个暂且留下，另一个化作一缕冤魂，也要折回来寻他。

如此，回头看那功成名就的一只蚕吐的丝，就觉得它太寂寞了。成就了绫罗绸缎，人前有了奢华，背地里，少了多少欢爱。

唉。这个季节，江南的蚕宝宝正在低头咀嚼自己的桑叶吧。年年月月，它依然在忙着吐自己的丝，做一只蚕能做的事。是非曲直，只是人口里的无聊事。

# 《桃花扇》：苍凉与剑气

读《桃花扇》，实则是读一种英雄末路的雄浑与苍凉。读一种剑气，读一种骨力，读一种大写的悲壮人生。

戏里，跟香君光彩相映的人物，不是侯方域，而是烽烟滚滚里坚守前方的几个武将。左良玉，史可法……他们和香君一起，为青瓷坠地的末代王朝，共奏一段铿锵之音。

读左良玉，读不尽英雄沦陷于困境的寥落和悲伤。“家散万金酬士死，身留一剑答君恩。”人生至宏大也至简单，不过是为义为恩。巧妇难为无米之炊，英雄也是啊，无炊，养不齐军心。眼看着中原豺狼虎豹乱如麻，他这里，正展开腾腾杀气欲收河山，却被粮草拖了后腿。一边厢，半哄半骗敷衍士兵；一边厢，急急遣人去江西筹措军粮。只让人叹，这打的是什么仗啊！从前读关于张爱玲的文字，屡屡为一代才女扼腕叹息。生活安稳，心才能安稳，才能在纸上冲锋陷阵。可是，她却被又老又病的丈夫拖了后腿，不远万里，折到香港去写剧本，穷得连一双棉鞋都舍不得买，等着打折。大才大志的人，尴尬在一地狼藉的现实面前。真想为英雄们一哭。

可是，英雄不为自己哭，英雄《哭主》。第十三出里，军粮之困已解决，左良玉正要在黄鹤楼设宴，饮酒看江一吐英雄气，不想北方来了消息：流贼北犯，圣主崇祯缢死煤山。釜底抽薪之痛啊，这么多年，坎坷颠簸的军旅生涯，靠着“答君恩”的那一点信念，支撑自己，白发浊酒地守护大明的河山，如今江山已无主。于是撤宴，面朝北方，哭祭先主，滔滔长江水，都做了英雄泪。这样的人生，一步一悬崖。

史可法也一样。虽无粮草之忧，可是，部将内讧。贼寇如江水涨潮，眼见着将渡黄河，汤汤地涌向中原来。史可法的营帐里，江北四镇主帅共商防河大计的会议上，不是众志成城，不是同仇敌忾，而是为争首位，闹闹腾腾，同室操戈。在史可法这里，一头是主，圣主已亡；一头是军，军心已乱。英雄卡在国亡山河碎的命运里，依然守着信念，独自苦撑，成为孤臣。《拜坛》里，崇祯皇帝的忌辰，南京太平门外设坛祭祀，马士英阮大铖之流，借着祭祀的由头，一路喧哗游春而来，唯有史可法哭得深切：“万里黄风吹漠沙，何处招魂魄……”孤臣哭亡君，同是天涯，人生的大苍凉到此已是决绝处。

哭过，还要着战袍，还要提宝剑，还要为忠君的信念而战，直至，而亡。《誓师》和《沉江》里，史可法率三千子弟死守淮扬，抵抗北兵，直至溃败。按说，忠君大业至此可以收梢了，可他不，他还要渡江去南京，去保南明的天子。只是，天子也已弃京而逃。日暮途穷。他终于决定，不再于茫茫乱世中去捞一个逃难的天子，他不捞了，他决定沉江。万里江山，总有一处茅檐可寄这蜉蝣尘芥一般的身体。只是，一腔热血信仰已无处可寄。他选择沉江，生为信念，死，也要玉碎。人生，活的就是一股慷慨意气。

读《桃花扇》，原来不是读才子美人，而是读末路英雄。读一种有立场的人生，有所守，有所弃。这样的人生，即使苍凉，但有剑气，有重量，读起来过瘾。

# 比江水盛大的无望
## ——读《汉广》

南有乔木，不可休思。汉有游女，不可求思。汉之广矣，不可泳思。江之永矣，不可方思。

翘翘错薪，言刈其楚。之子于归，言秣其马。汉之广矣，不可泳思。江之永矣，不可方思。

翘翘错薪，言刈其蒌。之子于归，言秣其驹。汉之广矣，不可泳思。江之永矣，不可方思。

——《诗经·国风·汉广》

每读这首《汉广》，眼前便烟水茫茫，铺开一片浩渺无边的忧伤。这忧伤，说到底是一种无望。

一个人，也许走了最远的路，见过最高的树，涉过最宽的河。可是，当他某日忽然邂逅最美的意中人，忽然被甜蜜和无望同时击中，他才悲哀地发现，所有一一历过的最美风景，都可以成为一种痛。

他所见过的南方那株最高的乔木，以及它在蓝天和白云之下蓬蓬撑开一片蒙古包似的绿荫，是不属于他的。纵然他是疲惫的长路行者，也只能远远眺望那一片葱翠，那绿荫不接受一个渴慕的旅人来歇息。

在这首《汉广》里，他也许是一个樵夫，她也许是汉水边那位出游的女子。一抬眼，是遇见。像一滴水遇见黎明，遇见光，遇见五彩云霞。她的光芒太耀眼，以至于，他被照成虚无——在她的映照下，他倏然发现自己的黯淡。

他在一日日目光堆叠着目光的遥望中，终于明白，人世间，原来是有万般“不可得”。

是呀，是命定的“不可得”。站在绿草萋萋的汉水边，目睹比阳光还要宽广的水，知道自己身无一物可凭依横渡，知道彼岸也是“不可得”。再远一点，比汉水更远的长江，遥想它滔滔不绝流淌在远方，更无竹筏可载此身，比长江更远的远方更是“不可得”——在一个命运受困者眼里，自己原来是没有长路、没有远方的。放眼看，那大地上的江河，不过是大地永不弥合的伤口罢。

比无望更无望的是，明知无望，可是还有执念，还存痴想。

他只是一个樵夫，一个年纪正当好的男子，纵然他只有平凡，可还是情不能自已。他像歌咏春天一样将她装在心底，日夜歌咏。伐柴伐薪，伐楚伐蒌，在繁重无聊的劳动中，他用幻想，向她一寸寸靠近。

他幻想过，有一天，在草木勃发葱茏生长的季节，他刈割荆条归来，在四处弥漫的草木清香中，他心中的女子出嫁。她要嫁的人，正是他——是呀，如果她嫁的人正是一个身为樵夫的他，那么，他愿意此生哪里都不去，只为她好好喂饱马匹——她去哪里，随她欢喜，她永远可以随时骑上他为她喂养好的马匹。

可是，也许只是一阵山风吹来，只是一弯夜月升上山尖，他忽然一激灵清醒过来。他揉揉迷离的双眼，看到的是无比静寂的黄昏，无限空荡的山野。这黄昏的山野，没有婚嫁的热闹歌吹，没有彩霞一般绮丽的出嫁女子，只有夜色一寸寸升上来，将他淹没于黛色的山水之间。

他的世界，只有空寂的群山，像群山一样无法跨越的陡峭命运。只有浩渺的江河，像江河一样无边无际无从穿越的无望。

他只有山水。空荡荡的山水。

“汉之广矣，不可泳思。江之永矣，不可方思。”

他一边担荷荆条下山回家，一边遥想江河无涯。

他成了一个不断被两头撕扯的人。一头是遥望一眼那人便知永不可得的现实，一头是像浪花一样生了又灭、灭了又生的幻想。冰冷坚硬的现实和温馨甜蜜的幻想，从此构成了他心里的两极，他在其间来来回回折返。他建筑自己，又打碎自己。他打碎自己，又再造自己。

他死了无数次。又像是永生着。

十多年前，我在北京宋庄听一场纪念王洛宾的歌会，一位来自新疆的歌者在台上唱起王洛宾创作的那首《永隔一江水》，我在台下，听得泪眼婆娑。其实，那隔了一江水的，也许是姑娘，也许是未酬的梦想。

“风雨带走黑夜/青草滴露水/大家一起来称赞/生活多么美/我的生活和希望/总是相违背/我和你是河两岸/永隔一江水……”

我不知王洛宾有没有细细读过这首《汉广》。不管有没有读过，三千多年来，在江河之畔，总是踟蹰着一代代行吟者，他们或为姑娘，或为理想。他们爱恨，忧伤，无望，为命运的大河不可渡。

有些爱情，今生注定不能圆满。有些理想，定然会成为落在山那边的夕阳。

既然不可得，那就看看江水吧。

# 捕猎者的豪迈

## ——读《兔罝》

肃肃兔罝，椓之丁丁。赳赳武夫，公侯干城。

肃肃兔罝，施于中逵。赳赳武夫，公侯好仇。

肃肃兔罝，施于中林。赳赳武夫，公侯腹心。

——《诗经·国风·兔罝》

这首《兔罝》，反复吟唱的似乎只是两件事：一件是捕猎，一件是御敌。

不管是哪件事，似乎都洋溢着一种力之美，一种腾腾散发的英气。

读《兔罝》，仿佛看到一群青壮男子，他们皮肤黝黑，身材魁梧，在阳光下狩猎。他们有人选址，有人扛来木桩，有人抱来藤麻编织的大网，有人扶桩，有人举锤。空气中遥遥传来丁丁的敲击木桩之声，真是一派繁忙。他们沿着栽好的木桩，布下一张张围猎野兔的网。他们劳作时结实的双臂和腿脚的肌肉，在阳光下泛着晶莹的光，那是细密如豆的汗粒。

他们将围猎野兔的网张开，挂上木桩，安置在四通八达的大道之上，也布放在草木茂盛的郊野之林。

一定还有一些武士，在一路歌唱着，吆喝着，甩起长鞭，将那些惊惶的野兽们往这些设网的地方驱赶。待这些野兔之类的小兽们都进了网内，这些武士们一定又在呼喊的号子声里，一圈圈收网，擒拿这些垂死挣扎的困兽。

肃肃兔罝，椓之丁丁。赳赳武夫，公侯干城……

在这样的歌声里，围猎一场场举行，在大道，在旷野，在密林……武士参与，公侯观瞻。

那只是一场名为围猎的劳动吗？

肯定不是。它更像是一场军事演习。

在对“赳赳武夫”的反复吟唱里，我们分明读到一种对雄赳赳气昂昂的武者的赞美。

在古老的冷兵器年代，帝王的江山永固，公侯的尊贵长存，一定离不开强大武力来捍卫。

在《诗经》里，这首《兔罝》的耀眼，在于它不是美帝王美人，不是美公侯将相，而是美最普通的武士，最平凡的兵。美他们的力与勇，更美他们的忠与智。

“赳赳武夫，公侯干城。”“赳赳武夫，公侯好仇。”“赳赳武夫，公侯腹心。”在这样此起彼伏的繁复吟唱里，一介平凡武夫的作用，之于公侯，从“干城”上升到“好仇”，再上升到“腹心”。在这样层层递进的表述里，我看到一个寻常人家出身的男子，从戎之后，从作为上层人物公侯的守卫屏障开始，以其忠勇，又跃身成为公侯的极佳助手，最后又凭借其智慧，成为能为公侯谋划战略事务的“腹心”。

一个武夫，和公侯，就这样一步步、一阶阶，渐渐走近、贴近，彼此信赖。

当一个社会一个时代，能为普通人而歌；普通人又能够以其力和智，顺利实现职业生涯的跨越，这便是一个人人皆可豪迈的社会和时代。

读《兔罝》时，我也想起了苏轼的那首《江城子·密州出猎》：“老夫聊发少年狂，左牵黄，右擎苍，锦帽貂裘，千骑卷平冈……会挽雕弓如满月，西北望，射天狼。”苏轼的这首豪放词，不同于以往那种纵横万里跨越千古的时空和流露的豪放旷达的胸襟。这首豪放词写文人出猎，而不是武者出猎。我从放下诗书的捕猎者苏轼这里，也读到了一种“力”，这种“力”里，饱含着人到中年不服老的狂傲，饱含着身在僻远江湖依旧心系江山与天下的豪迈与壮志。

狩猎，本是原始社会人们获取生活物资的重要手段。可是，当人类跨入农耕社会之后，那些古老的捕猎者意象，慢慢就融入了新的元素：这新元素是普通兵者，是御敌守边的将帅，是报国的豪情壮志……

也许每个生命，都该像这个捕猎者的意象，在时间里越走越丰富，越走越豪迈，越走越像个格局广大的英雄。

# 陶　人

以前，老天津有位姓张的手艺人，人唤“泥人张”，捏的泥人，嬉笑怒骂，惟妙惟肖。只是那泥人捏得再好，一场风雨之后，便是一团烂泥。

在秦始皇兵马俑的一号坑前，我固执地要说眼前一群陶俑是一群严阵以待的陶人。在时光里小睡个千百年，然后掸掸周身的尘土，在原地站立起来，肃静的表情下活着的是秦人充满智慧的灵魂。虽在千年后的阳光和空气里，丢了身上的一层釉彩，选择了素朴青灰的外衣，但不变的是壮阔威武的阵势，不变的是站立的一方土地，不变的是持刀或引弓的姿势。是的，他们只是小睡了千百年，战袍没有脱下，铠甲还披在肩上，青铜的刀和剑依然锐利，还闪着寒冷的光。他们没有离开他们守护的疆土，他们在等他们始皇的诏命。

已经准备好了出发：前面三列面东而立的横队，是不辱王命，为中原大一统而冲杀在前的先锋；后面是浩浩荡荡的三十八路纵队，步兵已挎好武器，战车在等战马的那一声扬天嘶鸣；左右分列的两列横队，分别面南面北，担当着整个军阵的两翼；最西边面西的队伍是他们的后卫。遥望队伍里的那位老兵，须髯飘飘，却也铁骨铮铮；还有那一位，虽一身铠甲，也难掩眉宇间未脱的稚气；那位将军，胜算在握，正气定神闲；射箭的那位，聪明地把发髻结在左边，为的是右手在身后箭囊取箭的方便……老的，少的，在秦朝大一统的舞台上，他们都没有缺席！

大约也没有多少人愿意相信那是一群无生命的俑。是的，那是承载着不屈魂灵的一群陶人，血液在盔甲里就要沸腾，呐喊就要冲破喉咙的大门，鼓点就要追赶着鼓点……

但是，他们也曾经是匠人手里的泥人啊，是禁不得风雨的泥人，是在烈日下也容易碎裂的泥人。

到底是什么让这些俑在时光里获得了永久的生命？也许是那些烧得通红的炉窑吧——他们在炉膛里，被烧得遍体通红，遍体疼痛，有的在烈火里扭曲变形，但还要无言地熬下去，直到所有孱弱的颗粒尘土在烈火里都变得坚硬，直到倒下也是挺直的姿势。烈火里的涅槃，一个个泥人新生为威武不屈的陶人。

红尘里的众生，应多半如我吧，来自一颗尘埃，归为一捧尘土，荒唐行世的几十年，不过是在生活的魔掌里被反复揉捏的泥人。倘是加水重新搅和，再弃之于萋萋荒草里，这尘世不会有我来过的痕迹。

某些时候，我也想做个陶人。像那些陶人武士，以某种姿势做我在场的标记，在时光里走得更久远一些。我没想要逃脱因坚持自我而必经的涅槃之苦—— 一个人寂寞地燃烧，寂寞地疼痛，并且不出一语。

# 第五辑

# 一字题

绣是个名词，也是个动词。可是，当我在纸上写下一个“绣”字时，只觉得它更像是一个形容词。针线底下春风浩荡，姹紫嫣红，凤飞蝶舞：这是绣。比青春还要绚烂还要长久还要奢侈的绣。

# 粉

夏日黄昏，清水沐浴后，对着镜子在脖颈处敷粉；薄薄一层爽身粉，香气沉静。这是多年的习惯。

敷粉的时候，总想起少年时光，简静，清美。

十二三岁，还未进初中。早晨上学，踏着露水，花布书包在屁股上扑扑打着。内心像是一口晨雾萦绕的池塘，水光未开，朦胧而恬静。直待在教室里坐下，在喧嚷沸腾的晨读声里，偶然一瞥，瞥见座位前面的女孩后颈上的白色残粉，心里当的一声，亮了，日起雾散水光荡漾。那个女孩子，梳着两只半低的羊角辫子，辫梢扎有莲红毛线绳。在毛茸茸的脖子上，还残有一抹白白的爽身粉，像微风里一片没有散尽的云絮，清香隐约。我心里想：这就是女孩子！女孩子就该这样，衣领里有薄薄的粉，发梢上飘散浅浅的香。

回家央母亲买，吞吞吐吐倒也找出一堆借口。母亲似乎很懂女儿的心思，打开上了锁的枣红抽屉，抽出一张票子给我。在供销商场的日用百货柜台，要了一筒爽身粉，绿色的铁皮筒子，上面绘着一个胖乎乎的婴儿。

从此喜欢每一个夏日的黄昏，不为下河游泳，不为树荫里扑流萤，只为了那一绿筒的香粉啊！温水沐浴，过后，将水泼在凤仙花边。水印子在花荫下蔓延，人在镜子前抹粉，绕脖子一周……许多年过去，依然记得自己当年坐在凤仙花和栀子花边，穿着海水蓝的学生裙，身上的粉散发着袅袅的香气。这香气比栀子花的要浅，比凤仙花的要深；暮色笼罩，将我和花们都罩在香气里。

我想，人生中琉璃一般的时光，应该是那从前的脂粉时光。像王菲的歌声一样，纯粹，邈远，澄澈，清美。

长大后，买香水，挑口红，置粉底，看胭脂。可怎么看自己，还是少年时的清美最是难忘。彼时，还没有读席慕蓉的情诗，还没有心上害了疮一般辗转怀人，彼时只为了镜子里的自己，而美。俯身深嗅，自己闻到自己的香，这香不是浓艳媚人，而是清素安静。抹了白粉的少女，内心也是素朴静谧，仿佛微风里一株自花传粉的古老植物。

中学时，一个黄梅季节里的晴天，与姜姓同学一道去一何姓同学家里玩。彼时是午后两三点钟，何姓同学午睡已起，躲在房间里置水沐浴，我们只好在她家竹椅上坐等。庭前一株紫薇，花开灼灼，仿佛新娘子腮上的胭脂，浓丽而富有喜气。何姓同学终于端了一木盆的水出来，响亮泼在紫薇花边，我看见俯身泼水的她不仅脖上均匀敷了粉，脸上也浅浅的白，明眸素脸的她仿佛一轮皎洁的月亮从云里出来。我才知道，女孩子脸上也要搽粉的，还要比脖子搽得更仔细更好看，因为要给另一个人看。何姓同学彼时已经早恋。这样想着，人就渐渐大了，脸上的色彩开始山重水复起来，内心也开始了柳暗花明。原来，白色的爽身粉只是起点，这之后，要在白白的粉上衍生出多少腮红眉黛来！

读川端康成的小说《伊豆的舞女》，里面一个十四岁的姑娘，叫薰子，和家人一道出来，做巡回演出的舞女。川端康成写她，写她娇美，写她面颊绯红，写她秀美的黑发，而落墨最令人难忘的，是她脸上的白色脂粉。一个女孩，在与一个大学预科生的短暂相处中，开始品尝到恋爱的甜蜜与忧伤。在敷了白色脂粉的清秀面孔之下，一颗原本清纯无忧的心慢慢长成了一颗饱满多汁的樱桃，酸酸甜甜，诸番滋味都在里面了。离别是无言而苦涩的，她到码头边送他，他看见了她眼角的胭脂天真中有严肃，她长大了，在恋爱里长大了。相逢有期，更可能是无期，敷白色脂粉的少女将从此成为他内心深处的一朵闲寂的山花，幽幽远远。

是啊，敷粉的人远了，侍弄香粉的青葱时光也远了，只剩下一声轻轻叹息在心头，霜似的，又白又凉，又纯又美。

# 青

诸种颜色里，恋上青了。

青是安静的，单薄的。

“花褪残红青杏小。燕子飞时，绿水人家绕。”是苏东坡的句子。这疏淡的笔墨里，就渗出了一点点的青来，是青杏。农历三四月的杏子，在碧色的枝叶底下，悄悄地生长，不招眼，不浮浪。一副青涩的外表，容易被遗忘。

这多像少年时光，属于乡下的少年时光，没有少年宫，没有钢琴与舞蹈。四月的沙洲上，外婆的小院里，洁净简拙。院子外的泡桐上蝉鸣未起，篱笆上的木槿还没打苞，外婆的小院罩在一片恬静的青色里，闲寂清美。我们在小院里，也像是一簇青色的叶子，微微摇曳在风日里。

翻开色谱来看，看青的位置。青应该是从绿里衍生出来的一种颜色，它包含于绿色大系里，却不等同于绿。二月的纤纤细雨里萌生的新草，是绿，嫩的新的绿，不是青。八九月间远山上的草木，在朝暮的烟霭里沉淀下来，那是黛色了罢，也不是青。青是未老的绿；青一老，就是黛。即使老得明媚些，也是蓝了罢。

四五月的草木是青的，是一种寂然的青。青立于仲春和仲夏之间，繁花已落，硕果还未登上枝头，两头的热闹都没赶上。

戏曲的舞台上，有一角色叫青衣。端雅大方，明丽成熟。她有花旦的美，但弃却了花旦的俏与媚；她有老旦的矜持庄重，却又添了几分绰约风姿。她莲步轻移，一身素洁的衣，粉色，白色，或蓝色，青色。水袖袅袅，分明有一种暗暗的寂寥。只是，这寂寥是那样隐约，那样轻盈，一个转身，就被端庄的她轻轻压下去了。青衣的女子在俗世里，一样安然淡然。她看待爱情，就好像坐赏春末阳台上新移栽的一株海棠——那枝枝节节上的花，要是开，已经开过了；要是不开，也已经不会再开了。她看着那些夭折的花蕾，伴同残红零落，内心无怨无艾；一抬头，轻愁烟散，天地平阔。这就是青的境界。

国画颜料里有石青。我从前临摹过一幅美人蕉图，五月的美人蕉，有茂盛的叶子。在宣纸上勾线完毕，一坨石青挤在调色盘里，兑了水化开，一笔笔涂染。一片片石青色的叶子，在画面里占去大半，却只是衬托，衬花。因为，那叶子丛里，一茎朱红欲燃的花朵，正高高顶在画面中央。这是青的命运。不甘也没有用。

青古朴而自重，不热烈，不张扬。再怎样山长水远地涂抹，永远只是底色。青是未能顶上红盖头入门的女子，就这样终身未嫁，静悄悄做了他一辈子的知己，与他隔街隔巷隔城隔生死，只能成为他浩瀚的想念了。赵雅芝版的《新白娘子传奇》里，有个女人叫小青，我一直疑心她也是偷偷喜欢许仙的。旧戏里，多的是这样的情节：书生娶了闺秀小姐后，慢慢将丫鬟也收进了房。想必这些一定少不了平日里眉来眼去的铺垫。有一回查资料，竟知道在清代演出的《白蛇传》里还有“双蛇斗”这一出戏，那时的青蛇还是一个男人，爱上了白素贞，白素贞没有接受他的爱，于是他将自己变成了一个女人，做了她的丫鬟和知己，陪她来红尘爱恨一场。原来是这样……无论爱的是谁，着青色衣服的那个女子，即使在浪漫传说里，也和我们一样，心在别处，化浓为淡，兀自寡欢。

青色算得上是颇有中国文化意味的一种颜色了，只是人们常记得的是喜气的大红与青花瓷器上的纯蓝。青是落寞的，在晴耕雨读的风雅古代，位卑的读书人着的是青衫，寻常人家的女子裹的是青裙。白居易的《琵琶行》里有一句：座中泣下谁最多，江州司马青衫湿。庙堂那么高那么远，只有他在偏远的江湖里寥落，月夜酒后听一首琵琶曲，一袭青衫全做了揾泪的方巾。山河有多辽阔，寂寞的心就有多辽阔。浔阳江头的那一件青衫，在深秋的月下，愈见萧萧清冷了。

青是这样纯粹而孤寂。是悬崖背后无法流走的一泓清泉，独自映着天空和残月。

# 黑

黑，是将色彩向内收敛又收敛，隐掉了所有可反射色光的招摇物质，最后只呈现骨，颜色的骨——黑。

所以，黑色最苦，也最有深意。

我的书架上，摆着一把莲蓬。莲子已去，黑色的老莲房，空空如也。闲常看这一把黑莲蓬，觉得住过莲子的这些黑色空房子，有一种慈悲禅意。它像荒山野庙，威仪还在，只是僧人已去。它像爱过的心，曾经饱满，曾经青葱，现在老了皱了空了，什么都不说，一切尽付不言中，像黑色一样没有表情。

有时我会想，有一天，我也是这莲房，那时候，我会忍住千言万语。只告诉自己：不疼，不想，不怕，不念，不怨……我的初心，在交付的那一刻，已经永恒，此后，我将永陷于黑色的深邃之中，直面缺憾，不再表达。

电影《芙蓉镇》，刘晓庆和姜文主演的，里面有许多场戏都发生在夜里，在黑暗中。初看那电影画面，是深深浅浅的黑色。刘晓庆演的胡玉音在深夜推磨磨米；在夜色里挟着包裹去投奔亲戚避风头；又在夜色里回家，到坟地去寻找死去丈夫的坟……后来，和姜文演的“右派”秦书田一起在黑暗中扫大街，直到两人结为“黑鬼夫妻”。那么多场戏，都是在夜色里，黑暗萦绕左右，像苦涩深重不言，只布上这一片黑的冷调子，让观众自己品味，叹息，感动，期盼……这是电影《芙蓉镇》最美最刻骨的深意。

冬天是白色的，冬天也是黑色的。白雪的映衬之下，似乎所有的色彩都走到了白的对立面，成为浓重肃严的黑。远看，白雪下的房顶是黑色，江南民居的那种陶质小瓦层层叠叠，黑得莹润清秀，像墨描过还未干。树干背风的那面没有覆雪，也是苍老如铁一般。池塘被雪吞得小了一大圈，像砚池，也是冷黑。远处雪地上的人影是黑的，脚印是黑的，停在电线上的麻雀是黑色的省略号。

大雪之下，世界非黑即白，非白即黑。没有那么多的犹疑不决，含混不清，模棱两可。黑就黑得纯粹，彻底，就干干净净地黑，就一心一意地黑。

在黑的世界里，水墨画的黑，与书法的黑相比，好比《白蛇传》里小青的功力之于白素贞的功力。就差那么几百年的修行，所以情深不及。

水墨画是以黑来表现纷繁广袤的大千世界，这黑是灵动的，有时还会与朱红石青之类搭讪，黑得不够坚决，不够纯粹。书法的黑，简直有化石一般的宝贵。白纸上的笔走龙蛇，似乎只能是黑色；一换颜色，就乾坤错乱。

水墨画的黑是有情的黑，那么书法呢，书法似从人情里突兀出来了，如同哪吒剜肉剔骨还给父母，书法把情还给了人世，自己只是虚空遁化了，凝结为一根根或断或连的黑色线条，好像涅槃，可是，这何尝不是一种更深的深情。

弘一法师当年在杭州出家，妻子携着幼子遍寻杭州大大小小的寺庙，终于在虎跑寺找到，可是法师却连庙门也没让这对伤心的母子进去。薄情至此，谁能理解！后来，我读到弘一法师临终绝笔的“悲欣交集”四字，掩卷沉思，终于感怀不已。人世犹苦，他欣庆自己终于解脱，可是放眼红尘，还有那么多众生困于苦恼灾厄之中，令他悲心犹起。这依旧是深情啊！即使一袭僧衣在身，即使远离红尘喧嚣，像莲藕深埋在黑色的淤泥深处，依旧初心洁白，丝丝相连。

电影《一轮明月》里，西湖上，薄雾轻扬，两只小船湖中相对。

雪子：叔同。

弘一：请叫我弘一。

雪子：弘一法师，请告诉我什么是爱。

弘一：爱，就是慈悲。

慈悲又是什么呢？一个人的情感收了又收，滤掉了世俗爱欲，滤掉了痴念，滤掉了漠然与嗔恨，最后只剩下一分最本真无私的情意。这情意就是慈悲，是不是？如天对地，如雨露对花朵。

慈悲两个字，要用墨色的笔写，白纸黑字，才庄严深邃。

# 绣

绣品是慢质的东西。一针一线，里面都是时间。

杜丽娘那样的时代是慢的。一整片的青春时光，只够绣一副嫁妆。十二三岁就动工，绣到出嫁。

上午诗书，或不侍弄诗书，但下午是一定要做女红的。摆出绣架和花绷，扯平一方染了底色的绢绸，五色彩线都合了股……绣上襦，上襦是交领，不能太单调，要绣上花花朵朵枝枝蔓蔓才好。桃花三两枝，荷花一二朵，青叶六五片。衬着里面的白色领子，春光繁盛。裙拖六幅湘江水，这么大的裙摆！还嫌不够，扯到八幅，到十幅。从秋香色，到素白，风一吹，似水波荡漾。怕太轻了，在裙幅下绣一条窄窄花边，压压脚。再不行，再在腰间挂一根串了玉佩的宫绦，来压压裙子。

春天的襦裙几套，夏天的襦裙几套……还有秋天冬天的绣花鞋子。婚后多少年的穿用，都先缝缝好绣绣好，储存着。青春存不住，衣服尚可。

将来的夫君，他的衣服还不好意思绣。即使绣，只能遮掩着绣两段布，还不裁，叠放在箱子底下。绣绣家具器物上用的绣品吧。枕套，靠背，椅搭，坐褥，茶垫，箱子柜子上搭的，桌子凳子上铺的……绣并蒂莲，绣红鲤鱼，绣鸳鸯戏水，绣孔雀开屏，绣喜鹊登枝，绣龙凤呈祥，绣岁寒三友，绣竹报平安，绣花开富贵，绣松鹤千年……

单面绣。绣到痴绝处，双面绣。一块布料，正反两面是同样的花和蝶，同样的鱼和鸟，同样的花开和翔舞。一天的时光，也许只够绣一只鱼尾，或者一对鸟翅。选用丝线，只有丝线的光泽方能表现鱼鳞和鸟羽的光泽。一副绣品从花绷上取下，端详看，毛羽鳞鬣之间，皆是时间啊！

苏绣，粤绣，蜀绣，湘绣，京绣。花木草虫，山水鸟兽，或光滑细腻，或生动有神，或立体感强，或用色辉煌耀目……哪一件绣品里的时光不是慢的！哪一件绣品不是千针万线！

贫寒人家的女儿，不仅要绣，还要织。绫，缎，绢，锦，罗，纱……煮茧，抽丝，合股，上织机，要迎送多少个朝暮，才能织出这样多的丝织品！还要染色呀。染红：大红，水红，莲红，桃红，木红；染绿：草绿，豆绿，青绿，孔雀绿……养蚕采桑且不提。一整个青春，都为绣而忙，为一件件光彩灿烂的绣品而忙。一整个青春，只有这一个主题：绣。时间在这绣里慢得好奢侈。

《红楼梦》第五十三回写到一个人，叫慧娘，姑苏人。正月十五，贾母领子孙们家宴，摆了十来席，席边设几，几上焚香，一派祥和团圆之气象。在这里，曹雪芹借贾府的元宵宴，引出璎珞，复又引出那苏绣璎珞的制作者慧娘。曹公在这隆重的元宵宴席之间，来为一位只活到十八岁的苏绣女子慧娘作传，不惜笔墨，不吝赞美，让人想见苏绣之美之雅。苏绣那么美那么艳，让人不仅看见时间在针线里繁复绵延，还看见，青春那么短！是啊，与一件绣品比，青春那么短。

去冬买了件黑色修身裤，裤腿上绣了花。绣的是牡丹凤凰，仔细看，这图案应该叫“凤穿牡丹”。觉得奢华隆重，内心莫名不安，怕它起毛，怕它掉色。太美丽的东西，总是让人爱到不安。绣品就是啊！

绣是个名词，也是个动词。可是，当我在纸上写下一个“绣”字时，只觉得它更像是一个形容词。针线底下春风浩荡，姹紫嫣红，凤飞蝶舞：这是绣。比青春还要绚烂还要长久还要奢侈的绣。

# 染

染色的过程，像爱情。是浓情厚意的姻缘，染料的颜色和织物的纹理拥抱，彼此进入对方生命，一辈子不弃。是刘三姐的歌：连就连，我俩结交定百年，哪个九十七岁死，奈何桥上等三年。

若生汉唐，或者明清，一定要做那一个善于印染的玲珑女子。织好布，裁好衣，缝了穿上身，临水自顾，有薄薄遗憾，少了颜色。看看日头还没下山，提篮去田野上采集草木，回来取汁染衣。还要邀上同村的姐妹，一路踏歌迤逦而行，风吹裙袂，满袖花香草香。

茜草，栀子，蓝草，紫草。染红，染黄，染蓝，染紫。采满一筐，回家经过村口的小桥，停了停，顺带着捋两把皂斗，回去给父亲染腰带，给哥哥染鞋面。哥哥进山，托他带一筐石头，要朱砂、赭石、石青、石黄……煮汁，大盆小盆。这边是红：桃红、水红、莲红、银红。那边是青：天青、蟹青、蛋壳青、葡萄青。东边是蓝：天蓝、翠蓝。西边是白：草白、月白。长长短短的衣按进去一起煮。染上襦，给自己染桃红，给嫂子染莲红。染长裙，给妈妈染天青，给自己染草白。

这是风情。

到乌镇去，老远看见晾在半空里的蓝印花布，染坊里的布，蓝底白花。空气里似乎有水的湿气和蓝草的清香，恍惚以为回到明朝。木质的老柜台里，有几个中年女子在卖衣饰鞋包，或包着蓝花布头巾，或系着蓝花布的围裙，或身着蓝花布的斜襟小袄。在时光停留未醒的古镇，染，隆重地成为生活的一部分。

一朋友，给北京的新房子装潢，跑回安徽，抱走整匹的蓝花布，用它做窗帘，做电视机后面的背景墙……我坐在她家客厅聊天，是夏天，却只觉四下漫溢染衣坊的清凉气息。都是怀旧的人，不过是想从一方方蜡染的蓝花布里，让心贴近从前的那些草木时光。抬眼看窗外，阳光透过窗帘，也成了斑驳的薄蓝色。阳光也被染了，染得软了腰身。

染色的日子，日子庄重。想起从前，乡村人家，几乎家家置有洋红颜料。街上铺子里也抬眼可见。做喜事，鸡蛋煮熟，不剥壳，壳上染洋红。大人吃喜酒回来，口袋里一定揣有那样的红鸡蛋。堂姐出嫁，第二年生了宝宝，大妈买了大段老土布，撕成方块，过水，石头上使力锤。晒干，土布软了，白了，下盆染洋红。喜三那天，大伯一担挑到姐姐家，小孩子的花衣服，红抱被，老母鸡，红鸡蛋。还有那一大叠染了洋红的老土布，叠得方方整齐，给宝宝做尿布。

春天孵一窝小鸡，奶奶怕它们跟邻家的小鸡混掉，不好认，给小鸡的尾巴和头上也染洋红。门前撒把米，唤一声，一片红，啄食，万头攒动。染洋红的日子，乡村那么喜庆。

国画里有种技法，叫染。勾，皴，点，擦，染。没有染，就少了太多韵味。所谓烟柳，没有染，那柳如烟如何表现？寒山瘦老，林木郁郁苍苍，没有染，那色彩的深浅如何处理？没有染，就没有纸上江南那湿淋淋的村郭和水云天。似空未空，若隐若现，是染，赋予了古老中国画以禅味和诗意。一管羊毫，吃足了淡墨，宣纸上一坐一躺，山长水阔：这是染。

染，丰富了生活，点亮了日子。朴拙灰暗的，在染里，生动明丽了。平直冷硬的，在染里，含蓄空蒙了。染像爱情，让生活和艺术走到一起，终老。

# 织

织是女人以草木纤维为笔写诗，横横竖竖，都透着灵性智慧，和绵长情意。

第一个将树叶串起遮体御寒的人，是个灵性开始觉醒的人。这人一定是个女人，只有女人，才有这样的灵性和慧心。

慧心起，万物缤纷。织麻布，葛布。是谁第一个知道的？要剥取麻和葛的皮，让它们暴晒，淋雨，腐烂，剩下里面的纤维。纤维韧如丝，越洗越白。粗细均匀分割，合股，经纬相织，成布成匹。

幼年时，和弟弟一起挤在父母的大床上，夏天，床上罩的帐子是葛布做的。洗一水，白一水。到我离家读书时，已经白如初雪。果然是，日久，见真心如玉。从前的东西，那么禁得起时光来磨。从前的情感也是，那么艰难，不破不分。

"绩蚕初成茧，相思条女密。投身汤水中，贵得共成匹。"一首古旧的南朝民歌，是写煮茧呢，还是写相思？又疼痛又华丽，像诗。一朝茧成丝，上了纺车和织机，便是重新投世。生为绢，为绫，为绮，为纨，为绡，为缎，为罗，为帛，为锦，为练，为縠……《红楼梦》里，宝玉悼晴文，于冰鲛縠上楷字写成《芙蓉女儿诔》，也是又疼痛又华丽。"余霞散成绮，澄江静如练。"是谢朓的诗。绮和练，一个饰有文采，一个是纯白色。云霞和江水，都美得如蚕丝织就的丝织品。

没用过纺车，不曾丝织。身为女人，有些遗憾。童年时，和堂姐堂哥们躲猫猫，躲进村子里一户张姓人家的屋子，是放杂物的一间旧房子，在里面意外看见一辆纺车。手摇的纺车，蒙了一层灰，手柄处犹见色泽深厚，想来一定有好几代的女人用过。现在，弃之不用。那家的老婆婆，性格贤淑，说话轻声细语，老得像陶渊明的诗，雅淡而清和。八十多岁了，还有一张肤色明净的脸，头发一丝不乱，梳髻。我知道，那纺车的最后一位主人是她。

去苏州。在苏州第一丝厂观看了现代的纺织，大车间，大机器，人在机器和布匹之间附着，像一枚灵巧的螺丝。实实地被震撼，也有被颠覆之感。我一厢情愿怀想多年的诗意的纺织，竟是这样以千军万马的阵势，呈现于眼前！眼见着一片布，云朵似的飘落，再被机器卷起。一匹布，那么快地从机器里溢出来，总觉得时间没有在那纹理之间停留过。离开时，一点点怅惘。

想起书里读过的那些从前的纺织人。织女，在天上，据说天上的云朵都是她织的。那么，白云为练，为素；彩云为绮，为锦。漫天的云朵，想必后来都会成为织女的嫁妆，都运到牛郎的家里。“长安一片月，万户捣衣声。”人间千千万万的织女，织丝成匹的情节没有神话那样简洁，织过之后，还要捣衣，然后才能裁剪。棉麻织品，放在石砧上锤捣，才会绵软。有词牌名叫捣练子，练是白练，织好后经过锤捣，越发洁白柔软。看唐代画家张萱的《捣练图》，两个体态丰硕衣饰鲜丽的女子，一个提杵一个歇息，秋夜清寒，砧声远远近近，那么辛苦又那么诗意。

“唧唧复唧唧，木兰当户织。”读一读关于丝织的古老诗句，想象自己在古代织布的样子，青丝粉颊，姿态安然。唧唧复唧唧，青春在一架织机前，那么长那么长，像麻，像棉，像丝。从前，我们剥麻撷棉，养蚕采桑，日子庄重俨然又牢实，如织物的经和纬交叠在一起。

# 孤

人世间，有许多际遇，许多人事，是只此一回，只此一个。再美好，也无法重复。这样的际遇和人事，在我们的一生中，成为孤绝的风景。他们孤而美，像孤品。

王羲之写《兰亭集序》，不论是文章辞采，还是书法气象，都绝美到令人叹恨。但是，《兰亭集序》那样的文章和书法，在王羲之的人生里，也无法重复。三月三年年都有，文人雅集也有，好风好日的好天气也有，但文章和书法不会再来一个姊妹篇什么的，《兰亭集序》就永远是独一无二的《兰亭集序》。

看大漠胡杨，尤其是深秋天，那些胡杨像站在世外一般，有一种庄严凛冽的美。沙漠是金色的，夕阳是金色的，胡杨也是金色的，让人想起苦难和孤独也可以像金色的胡杨一样辉煌。

我在朋友拍的胡杨照片里流连，每一棵胡杨，都是几百年，独自在风沙里。每一棵胡杨，都是枝干苍老遒劲，满布沧桑，与众不同。每一棵胡杨，都是植物世界里的一个古老国度，苍老树色和斑驳伤痕成为荣耀。

江南的烟柳在三月的细雨里吐露幼芽时，塞外还是苦寒。江南的竹树在多雨之夏里绿树荫浓时，沙漠里还是干旱。但是，胡杨还是生存下来了，一年一发。即使，它们枝干断折，残余的根和干依然站成一道风景，让人惊叹生命的粗壮和粗粝。因为，它们永远独一无二，不可复制，不是随便就能相遇。

看大漠胡杨，常常被一种绝世而去的孤美惊倒。

到安徽淮北去，在无垠的麦地尽头，有一处文化遗址，叫柳孜隋唐大运河遗址。我站在发掘的古大运河的河床边，看到一只沉船，泥沙沉积于船舱，旁边，一根桅杆将折未折。船舱外的淤泥里，破碎的蓝花瓷片这里一片，那里一片，仿佛守望的眼神。我在古运河边，静穆肃立，久久无语，只觉得千百年的时光仿佛又化作了运河流水，从心上湍湍流过。

当一种已经流逝的文明，以碎片的形式存于文物保护的玻璃之下时，我们依然会为它惊艳到眼底有泪。它们也是，无法再生，不可复制，成为孤绝之美。

许多人，路经我们的生命，像旅客。我们和他们相处的时候，以为会一直肩挨着肩在花木葱茏的世界里走下去，走下去，春天不会老，我们也不会老。我们以为，即使离别，转身就会又彼此看见，欣然而笑。可是，慢慢，慢慢，我们发现，有些人一转身，就是再也不见。有些人，也是生命里的孤品。

十几年前，我在南方学舞蹈，结识了一帮爱好舞蹈的朋友。离别时，我们互留了地址，当时以为还有后话。十几年过去，我早和他们音信杳然。不止未见，连联系方式也在几次的辗转搬家中丢失。现在，即使重逢，我怕连他们的名字也叫不出来了。

我整个的童年几乎都是在姨娘的怀里度过的，她不是母亲，却给了我比母爱还要丰厚广大的爱意和温暖。二十世纪八十年代，她给我买大红的方形丝巾，让我在春天花开欲燃。她教我唱歌，唱《回娘家》《小草》之类的那个年代的流行歌曲。她牵着我去照相馆，我们一起拍合影照，很亲昵的样子。

后来，我们家的相框里，我和她的合影照，只露出有我的那半张，有姨娘的那半张被母亲遮起来了。姨娘在我童年刚刚结束时就离开了我，永远永远离开。外婆去世入土时，我们送葬，经过姨娘的坟前，坟上青草萋萋。我看着那些青草，记忆忽一闪，全是跟姨娘在一起的十来年的旖旎风光。可是，细细一想姨娘的模样，已经想不真切，记忆里她已模糊成一个年轻美丽的背影。

《红楼梦》里，妙玉称得上是孤而美的。栊翠庵里，她读诗，烹茶，过着不与人同的生活。她挑剔着泡茶用的水，认为自天而落的水一旦沾了地便是污浊。她煮茶待客，给贾母那些人用的水是旧年的雨水，给黛玉她们姊妹用的是梅花上的雪化成的水。对于刘姥姥那样的粗俗之人，喝过的杯盏她也嫌脏不想要。她是世间最洁净的人，把洁癖玩得极致。没有人能与她重复，就连黛玉这样孤僻洁净的人，在她那里也显得俗了。

妙玉这样的人，连茶具、茶水都挑剔得如此，可想而知，她对往来的朋友能看上眼的、入得心的又有几个？有时想，宝钗不嫁宝玉，她依然可以从容选择其他的结婚对象，一样可以幸福。黛玉嫁不成宝玉，可以悲恨而死。但是，妙玉不一样。妙玉是恨都没有，只能是漫漫度光阴，死了也像玻璃盒子里的蝴蝶标本，不改羽翼的颜色。

喜欢妙玉，因为她，我知道在世间还有一种怎样的干净和纯粹。洁就洁得彻底，洁得不怕遭世人嫉恨。洁就洁得，这世上只有我一个人如此，没有同类。

妙玉美，也美在《红楼梦》里只有她一个人，用梅花雪煮茶，形而上地活着，永远像雨水但没有落地，像雪覆在梅花上还没有融化。假如《红楼梦》里有一个戏班子那么多人的妙玉，好玩吗？一点都不好玩。我们的精神世界里，只要一个妙玉就够了。

许多事情，并不是越热闹越好。精神上能对话的人，只要一个就好。

日本作家川端康成的小说，有一种孤而美的气质。我喜欢《雪国》，就觉得，在冰冷清冽的世界里，一个人往远方去，大地上留下脚印，又被雪抹掉。也很好。

世界太热闹了，我要留一点忧伤给自己，留一点落寞给自己。我要一个人孤零零地凋零一会儿，不要快乐来修饰。保持一种孤而美的状态，像一口古旧老井，清浅地晃着后半夜的月光。

# 寒

天冷。冷到直见本质，没有指望，没有退路，便是大寒。

大寒之际，往往有奇景。屋檐下的冰凌挂得万箭齐发，冬的肃杀，在于处处有兵戎相见的凛冽之气。

我怕冷。可是，又觉得大寒天气，实在快意。世界非黑即白，万物非死即生，没有模糊地带。

记得童年时，深冬天气，宅在屋子里，烤火，听门外的风声雪声。坐不住，心里像有一支军队在招兵买马。那时我总会趴在窗子边，或者透过门缝，看天地荒寒。彼时，田野空旷而静寂，水边的林木脱尽了叶子，只剩下嶙峋苍黑的枝干挺立在无边的寒气里不言不语，它们又孤独又勇敢。我看着空旷的林野，想着世界如此辽阔，哪一条路是我走向远方的路呢？哪一条路是最先走进春天呢？

上学，我经过长长的河堤，冷风灌过耳畔，灌得浑身冰凉。我想，我若往河堤边一站，也是一棵寒树了。这样想着，一路所遇的那些萧萧林木，都成了我的同类。我们同在人间，顶风冒雪，把骨骼放在寒冷里锤炼。

最痛快的是一场肥雪倒下来。万里江山，都是雪的江山。我们看的是雪，说的是雪。我们在雪地上走路，又披一肩白雪回家。我们呵着热气，在门前打雪仗，手和脸都冻得通红。我们成了雪人。我们是白雪生的，终要在天地之间磨一磨骨骼，看是否锋利。

有一种人生，也是大寒的人生。

海派画家吴昌硕酸寒大半生，到六十多岁之后去上海，生活才渐渐有改善，他的书画也才真正在上海立稳了脚跟。这之前，他逃过难，要过饭，在五年的逃难生涯里，他患上了伴随他一生的肝病和足疾。战争结束，他逃难回家，家中亲人俱亡，母亲连一副棺材也没有就被草草埋葬。他原是寄望于仕途，光耀门楣，奈何只是做了酸寒尉。他四十多岁时移居上海，意欲以书画养家，可是门庭冷落，只好草草又折回苏州。

半个多世纪的苦寒，像一片冰封的辽阔大地，每一步，脚下都是寒气。这样的寒，真让人绝望。这个从苦寒里爬出来的人，羊毫一抖擞，估计都能掉出许多冰碴子来。可是，还是要画。骨头冻硬了，只剩下站立这个姿势。

晚年，他苦寒的人生才有了一抹暖色，他成了画坛领袖。他画梅花，梅花娇艳却清冷；他画牡丹，总会在牡丹旁边立几根片叶不着的寒枝。还是脱不尽那一点寒气。明明是春天了，羊毫里还动辄是倒春寒。

朋友在微信里跟我聊天。他遭小人暗箭，很受伤害。我印象中的朋友，是一个谦谦君子，随和，善良，低调，喜欢读书，喜欢思考，极具涵养。朋友说：我这一年，心灰意冷，跟人说吧显得矫情，不说又心上实在委屈。我不知怎样安慰他。我说：我身在低洼之处多年，诸番酸辛滋味尝尽，我把这当成是上天检验我的修行。不是自视境界如何，实在是，只有当作修行，才能低眉度这漫漫蜷缩光阴。

黄梅戏《女驸马》里唱：公主生长在深宫，怎知民间女子痛苦情，王三姐守寒窑一十八载……到鸡年岁末，我在这个滨江小镇，教书刚好一十八年。青春在江风中，一年年，散尽了。

唯是知道了，人间还有大寒，这节气。

或许，大寒之下，方见大观。一如我早年所见的，那些从不雷同的雄奇林木和茫茫雪野。

# 荷

当春天的荷钱小小长成了夏日的莲荫蓬蓬，荷花就从那接天莲叶之间亭亭出水盛开，或红或白，洁净无染，永远十五六岁的少女模样。

《诗经》里写古代的男女爱恋，借物表衷肠，送芍药，送红管草，竟然还送白茅。那些礼物真是接地气。爱在天地之间，大地上生长的植物，一枝一叶皆可寄情。

但是，在爱情舞台上出场频率最高的，还是《乐府诗集》和《古诗十九首》里吟咏的荷，是生长在诗经年代之后的荷。

在多水多舟的南方，那些蓬勃生长的荷花，开着开着，就开成了相思的样子。

《古诗十九首》里有："涉江采芙蓉，兰泽多芳草。采之欲遗谁，所思在远道。"

撩起裙子，卷起袖子，涉江采芙蓉。芙蓉在水中央，艳艳盛开，朝霞一般，或者，月色一般。低头深嗅花香时，相思在胸中翻涌。芙蓉采了，只想送给那人，只想把最好的最美的，都捧给那个人呀。可是，那人不在。

关于荷花的诗歌，我一直深喜这四句诗：前两句布景，江水清清，芙蓉盛开；芳草连片，占据着画面黄金分割点之下的空间，来映衬着作为主角的荷。然后，人物款款出场，有肢体语言，涉水，采摘，人面荷花相映红。后两句抒情，有内心的波澜：这么美这么芬芳的花儿，我要送给心上人，一抬眉，才想起爱人在远方，惆怅像烟水，无边无际地荡开了。

在玫瑰拥挤花房之前，我们有过用荷花表达爱情的纯情时光。我们吟诵着这些关于荷花的诗句，就像重逢青梅竹马。荷花，我们本土的爱情之花呀。

荷花的芳名实在多，芙蓉、莲、芙蕖、菡萏、藕花、水华、水芸、水目、水芝、泽芝、静客、溪客……这要有多爱，才会取出这么多爱的昵称呢。

我想，荷花被贴上爱情的标签，大约还是因为"莲"这个名字吧。我们的古人，实在含蓄得可爱，写诗，动不动就谐音双关，让你猜。"莲"谐音"怜"，"怜"是爱的意思。

"我念欢的的，子行由豫情。雾露隐芙蓉，见莲不分明。"《子夜歌》里，这荷花一定是早晨的荷花了，很有一种朦胧隐约之美。宋人秦观有句词："雾失楼台，月迷津渡。桃源望断无寻处。"这意境也有凄迷之美，楼台和津渡，都在迷蒙朝雾和月色里若有若无，而理想，也是这样，若即若离不可寻。

不确定的东西，往往能带来美感。

爱情也是。从不确定走向确定，然后，大多数再走向不确定。

"雾露隐芙蓉，见莲不分明。"说的是雾气弥漫，露水瀼瀼，芙蓉隐约不辨，那莲叶也是看不分明。其实，不是莲看不分明，而是"怜"，是爱，不分明。她感受到他的爱意，可是，是暧昧的，是如远如近的，是月亮起了毛、天要下雨的样子。这怎不令人感伤。

《子夜四时歌·夏歌》里还有：青荷盖渌水，芙蓉葩红鲜。郎见欲采我，我心欲怀莲。真是郎情妾意啊：碧水之上，红荷翠盖，面对此情此景，郎君你大约也会想到芙蓉如面的小女子我吧，而我，可不也是，心上满满装着你这个小冤家呀！

这是基本有了确定性的爱情。一旦确定了，相思起来，这味道就是冬天街头卖的红糖桂花糯米藕，牵牵连连，都是醇厚的甜。

南朝齐民歌里有一首写芙蓉的，画面很文艺。“欢欲见莲时，移湖安屋里。芙蓉绕床生，眠窝抱莲子。”“欢”是对情人的称呼，恋爱中的人，往往不知天高地厚，啥都敢想，竟然想到若爱莲花，就把湖泊搬到卧室内，让芙蓉绕床盛开，伸手就可拥莲子入怀。

想来，画家金农应该是读过这首南朝齐民歌的，他有一幅画，画的是莲花。画里，一茆亭悬空架构在莲塘之上，亭下有几，几上一人酣卧。莲塘里，荷花万点，莲叶交叠绵延。画里的人，消受着四面荷香，一定如梦如醒，不知今夕何夕了吧。这真是芙蓉绕床生了。杭人金农，作此画时，大约已经年高情淡了，他的笔墨里剔去了民歌里的两情欢悦，唯是画出了闲人卧睡在芙蓉丛中的清凉。那是一个人的清凉，却又是广大到整个宇宙的清凉。

但是，民歌就是民歌，二十岁之前，就在民间唱唱情歌。

山长水阔地相思，多累人，还不如简单粗暴一点，来一场喘息密集的幽会：芙蓉绕床，莲子在怀。情人在侧，耳鬓厮磨。

唐宋及其以后的诗人们，也写荷花，但是，似乎不及他们之前的古人们那么风流婉转了。

王昌龄也有《采莲曲》：“荷叶罗裙一色裁，芙蓉向脸两边开。乱入池中看不见，闻歌始觉有人来。”画面是绘声绘色的美，诗人站在高处，欣赏着南方采莲唱歌的风俗画，却不提男欢女爱的小情事。唐人高蹈，似乎都在背负远大志向昼夜奔驰，来不及停下来，去听一听小民的爱情。

宋人杨万里写西湖的荷花，“接天莲叶无穷碧，映日荷花别样红”，美则美矣，可，此情此景已不关风月。分明，苏小小的墓就在西湖边的西泠桥畔呀，一段才子佳人的爱情悲剧就近落在笔墨边，可杨万里偏偏绕过。

在还没有读《乐府诗集》和南北朝民歌的初中时代，我读到的唐宋诗歌里的荷花，大多是本色出演的荷花，不旁敲侧击，不言近旨远。所以，当我第一回读到台湾女诗人席慕蓉写荷的诗时，真有一种天地初开蒙昧终结的凛然震动，和冰雪消融万物萌生的嫣然明媚。

二十世纪九十年代初，正是情思懵懂的少女时候，读席慕蓉的诗集《七里香》《无怨的青春》……诗集装帧极其精美，在印了淡淡荷花的彩色内页上，我读到她的《莲的心事》。忍不住摘抄下来：我是一朵盛开的夏荷/多希望/你能看见现在的我……现在，正是/我最美丽的时刻/重门却已深锁/在芬芳的笑靥之后/谁人知我莲的心事/无缘的你啊/不是来得太早，就是/太迟。

席慕蓉像唐宋之前的那些古人，那些恋爱着的小男女，把爱的忧伤或甜蜜，借天地间一棵平常的植物写出来了。不故作高深，不故意晦涩，不故设姿态。总之，很亲民，像早晨的月亮，落在草地尽头，清白干净。

我被启蒙了。我写诗了。也写荷花，也写爱情。

我写：……我的心/不是再怎样揉搓，总无折痕/请你看我/那风霜中摇曳的/一枝秋荷。

我想，被汉语滋养长大的中国人，如果再要成为一个多情诗人，履历里一定要有一段芬芳年华，那是从南方的荷花前走过的年华。

余光中在《春天，遂想起》里写：那么多的表妹，走在柳堤（我只能娶其中的一朵！）/走过柳堤，那许多的表妹/就那么任伊老了/任伊老了，在江南/即使见面，她们也不会陪我/陪我去采莲，陪我去采菱……

余光中真好玩。在江南，有那么多的湖泊河港，有那么多像荷花一样的表妹，只是太遗憾，只能采一朵表妹回家做妻子。剩下的那些表妹，以为她们像荷花一样，一直摇曳在柳荫下。

可是，表妹老了。即使表妹再多、再美，都是要老的。就像荷花老了，莲子落了……

只剩下叹息——

荷花可以再开，诗人即使归来，只是已无小表妹们陪他去采。少男少女之间的那些往事，像一支秋荷，在霜色里风干皱缩，再也舒展不开。

唉——南方的荷花在开，南方的表妹老了。

南方的荷花在开。美丽的少女，穿着白裙子走过长长的柳堤，可是，已经是别人的表妹。

# 慢

每天上班，要穿过一个水上公园，出来的时候，觉得自己俨然一个草木小妖，心里尽是对人世的感动与好奇。

这样微凉的初秋，吹着凉风，不起哀愁。走路的时候，会路过那些垂柳。垂柳在河边，依然绿得柔情。它们一丝丝一缕缕，垂挂于河边，于路上，情意脉脉的样子。我每日从柳下过，总是会不由放慢步子。好像走得慢一些，这样美好的初秋就长些。风吹柳丝，柳丝拂人。我的长发，我的眉，我的耳鬓，我的肩，都在柳丝的吹拂里。温柔的凉意在皮肤上蔓延不散。我像是要羽化在这千条万线的绿意里了。

即使有阳光的日子，也不舍得打伞，从柳叶里漏下来的阳光落在裙子上，像蝴蝶一样泛出淡绿的绒光。小雨霏霏时，在树下行路也不急，雨线婆娑，柳丝婆娑，清秋的凉意漫漶，叫人不想去辨哪一段凉意是雨，哪一段凉意是柳。人间的路，委实不须急匆匆地去赶，最美的时刻也许就是此刻，而不是远方。我要做的只是这样悠悠荡荡地过，斜风细雨，杨柳依依……

斜坡上有青条石铺就的石阶，斜斜一条石线，默然在草丛里半隐半现，好像期盼我的脚按上去。那一种无声的等待令人不忍辜负，我每走一步，心里觉得踏实，觉得岁月有依，凡心安宁。绣花的鞋尖子上常常沾了露水，湿得脚尖处的绣花越发色彩艳丽，真不舍得让晨风吹干这些露水。

我喜欢这样，微微湿润的样子。希望自己一辈子做一个微微湿润的女子，有泪也有欢喜。

斜坡上也有桂树，花香好像是煮出来的，远远就被这袅绕的香气缠住，缠进这甜蜜浓稠的香里。每次路过，总忍不住驻足，瞧上几眼，惊叹一番。那么小的花朵，细细碎碎地开，竟有这样蓬勃盛大的香气。每一朵花，打开的四瓣，好像在说话，一句一阵香气。它们有满肚子的香气在等着说出来，桂花是怎样一个内心丰厚的女子啊！我喜欢路过这些开花的树，贪婪地享受这慷慨播撒的浓香。花边一立几个刹那，人整个地被熏透，我就这样被熏香了。发是香的，衣是香的，遇到人，不敢轻与他人语，唯恐含进口里的那团香气一开口就逸散了。

晨光里的河水恬静而温柔，涟漪那么薄，风一摊就平，一摊又起。雾气也薄，在阳光与河水之间，飘着飘着就隐去了。河边有女子在浣衣。也有情侣，大清早就依偎在石头上窃窃私语，估计有一夜相思要诉说。也有老人和小孩，在桥边，在树下，貌似走路，享受这沉静又蓬勃的晨光。我路过他们，觉得每个人看起来都那么亲切有善美的情意。

我每天路过这些草木花朵，这些小桥和石头，心里充盈着安然和欢喜。我像是一个内心揣有隐情的人，这隐情大约是对晨光里的万物与尘世的欢喜。缓缓走来，缓缓地看去，每一朵花都精致得像是我的闺蜜，每一棵树都忠诚得像等我的情人。我的双手要怎样捧好这些欢喜呢？我想把一片薄心扯布一样扯成条条，一片给垂柳，一片给芭蕉，一片给河水，一片给云霞，一片给雾气一片给露珠，一片给陌生人嘴角的莞尔……可是，怎么够，怎么能完整地给？

我只能这样，每天地，路过这里，像路过初恋的窗前，缓缓地路过。我走得慢了，花就开得慢了，世界就慢了，时间就慢了……

# 霜

霜就是霜。霜不是雪。

雪是可以飞的，它从玉宇琼楼处来，生命里有一段曼妙高蹈的旅程。雪是王子公主莅临民间，自带贵气。

霜没有身份。霜是自生于大地，是在低处流浪的水汽，遇到了寒，遇到了一日更比一日的降温，无处可退，无处可委身，于是身体涅槃开花，成了霜。它是草莽出身，它没有门第背景可炫耀。

在乡间长大的人，大约都有过一段十来年踏着晨霜上学的经历。

“鸡声茅店月，人迹板桥霜。”这样美的诗句，不过是农耕社会里的寻常情景。少年时，寒冬上学，双脚踩踏过的何止板桥霜，还有泥土沙路上的霜，有青石板上的霜，有枯草上的霜，有田埂上的霜。我们在乡间的早晨，在寒气里追逐奔跑，脚下飞霜。

有时，在布满繁霜的草坡上走路，一不小心，就会摔个踉跄，人倒在地一个滚打，爬起来也已经是一手一身的霜了。清晨的空气，在繁霜与晨光的熏染与照耀下，冰凉通透，还泛着菌丝样的茸茸白光。我们呼吸，吐着白气，吸着清冽晨气，呼吸之间，像是把自己与晨霜雕琢的世界进行交换，换回来一个低温的莹洁的玲珑的小人儿。

那时上学，最爱的是穿过广阔的田野，空旷的冬日稻田，平坦而柔软，像褪了衣衫的母亲的腹肚。稻子早已归仓，秋天播下的紫云英，才只寸把长，它们顶霜匍匐在泥土上，一脚踩上去，蓬松得让人觉得脚底像是长了毛。一大片一大片戴霜的稻田，静寂，洁净，令人如登仙境。我想，仙境的地面一定是晨霜似的茸茸平白，又广博空旷。仙人们不说话，只静静地走路，脚下无尘，每一步下去，都无脚印。当旭日高升，普照大地，一朵朵霜花在初阳里蒸融消失，仙境就变成属于我们的喧哗人间。

人在少年，走在霜路上，那时未知世事，只觉得下霜的日子，也是热闹的。

踏着晨霜，穿过田野，走过蜿蜒河堤，和曲曲折折的田埂，到了学校。教室里也似乎弥漫着霜气，一室的乡下孩子，个个鞋底裤脚，还犹挂细小霜花。大家掏出语文书来读，读到“可怜九月初三夜，露似珍珠月似弓”，心里无端觉得冷寂，哀怜不已。其实，诗句里还只是露水季节，时令还未深，白露尚未成霜。

人到中年，课堂上带学生读李贺的《雁门太守行》，读到“半卷红旗临易水，霜重鼓寒声不起”，心里一时沉重哽咽。在中年人眼里，繁霜之下，世界其实苍凉。霜重鼓寒，多少路，是在险绝艰难中突围走出来的。

## 痛

隔那么十天半月的，我会去一下眼科医院。

从前，自认为天下无敌的一双好眼睛，如今也要时时去医院。人真的会老，器官也会懈怠。

当医生将一根两寸来长的金属针从泪点徐徐插入皮下时，我总是像从前面对困难一样，咬牙，攥拳，几乎要把自己的身体拧成一片钢铁，以示自己坚不可摧。医生却一遍又一遍道：放松，放松，不然针插不进去。

天啊，我竟然还要放松，像河蚌那样打开身体，好让一根金属从容进入肉体。

从前，我只懂得一味把自己锻造，以自己的硬度来抗衡一切的磨难。而今，敌人们得寸进尺，他们要我弃枪丢甲，要我打开身体，打开内心，以最柔软的方式，迎接疼痛。

是啊，让自己变得柔软，迎接此后身内身外的磨难。

他们不要我浮雕英雄似的表情，不要我咬牙切齿信誓旦旦，不要我活成碉堡一样有牢不可破的外壳。他们要我柔软下来，放松，张开，我的身体和内心要开阔得像足球场，疼痛可以在里面开着坦克耀武扬威。

每次从手术床上爬起来，总忍不住心生万千委屈，可是也只是默默流一会眼泪，然后轻轻擦去，接着出门，奔向公交站，混入来来往往的人流。

朋友去医院体检，有几项指标不太好，我安慰她：我们已经中年，有些小疾病，我们要学会与它们和平共处。

这大约也是我频频跑医院的一点心得吧。以前，以为世界非黑即白，从健康角度看世上的人大约也只两类，一类是奔走在劳动或娱乐现场的健康人，一类是躺倒在医院的病人。现在，我已经能坦然接受这黑白之间的灰色地带，知道我们常常都是怀着隐疾的人，活跃在快乐的、悲伤的、繁忙的、悠闲的现场……我们像人群里的潜伏者，除了上线和下线，外人一般不知我们身上的疼，我们也小心遮掩着我们的疼。

有时，一场感冒所带来的后遗症要折腾自己小半年之久，在咳嗽不眠的深夜里，我茫然望着灰白的窗外天光，知道人生会有诸般不适，自己要调动所有的耐心来面对。再后来，安排未来一年的计划时，我会预留下几个月的光阴，那是用来小病厮磨的光阴。

一位画画的朋友跟我说，画植物的叶子时，不能只画那些新鲜娇美的叶子，还要画苍老将凋的叶子，画被虫子啮噬过的残缺的叶子……这才是一株完整的植物。在被不适折磨的光阴里，我无处可去，知道无论逃往何处，疾病驻扎在我的身体里，比如影随形还要紧密，还要甩不脱。我唯一能做的，就是带着我的疾病一起回到生活现场，像一片完美的样子那样继续承接阳光雨露，以布满虫眼的身子继续在风里摇曳，继续进行着光合作用。

疼痛和磨难躲不掉，它来了，我们除了温柔地迎接，除了让我们单薄的身子和心灵随着一波波潮起的疼痛微微荡漾，还能怎么样呢。

# 第六辑 岁月河

我躺在大地上的长宁河，于困守中把自己的生命分成千万条支流，隐忍着伤口，在植物的身躯里站立起来，拥有了其他行走的河流所不可企及的高度！

# 一棵野桃树

在我家和我的二伯家之间垒起了一座两三米高的土篱笆墙，有一年的春天，土篱笆墙下生了一棵树苗，起初没在意，后来发现它的叶酷似桃叶，便也时常关注起它来。我猜想，这棵桃树可能是我无心种下的。我喜欢到处捡一些桃核杏核回来玩，玩过之后便随处丢撒。也许，这棵桃树就是在我随意丢撒间有了一次幸运。它幸运地在瓦砾间抓到了一棒泥土，幸运地在两堵墙之间抓住了几尺阳光，然后是空气和湿度，接着萌芽，破土而出，有了一次脱胎换骨的超然。

我想，我也是幸运的，在时光的河流上，属于我的生命流程充其量不过七八十年，一棵桃树的流程也不过十来年，而在这其间，我的生命和它的生命竟有一小截叠合，这与其说是巧合，不如说是幸运。

小桃树便在我的珍视和盼望里渐渐长高长大，五年之后的一个春天，它打了些红红小小的花苞，可是开得却很迟。当别的桃树谢尽了芳菲时，它才三三两两地次第开放，花朵很红，红艳艳的一片，红得热烈，张扬，活泼，似乎想淋漓尽致地宣泄它开放的热情和美丽，那土篱笆墙因此而多了几分热闹。奶奶来看了，然后冷冷地丢下了一句：是棵野桃树！原来野桃树的花开得红而迟，奶奶说它成不了气候，结不了什么好果子。可是，我还是不愿相信奶奶的话，因为一直以来，她就没说过什么好听的话，她总爱在父母面前唠叨，说一个丫头还读什么书，将来好了别人家，真是浪费，以至于我后来十几年的读书生涯一直怀着负罪的心理。

那棵野桃树因为在土篱笆下，没有多占一分泥土，也没有多占一分阳光，因而获得了继续生存下来的权利。那花儿确实开得好看，每片花瓣都染上一片红晕，显得更加生动、健康，我觉得那片富有活力的绯红似乎更能承载一份秋天的希望。三月过了，花儿落了，红红的花瓣随风飘扬，有的落在瓦砾上，归入泥土，有的落在屋顶的砖瓦上，高高地干枯在四月的阳光里，有的飘到小河上，随流水而去，瘦弱的树枝显得颇为忧伤和冷清。美丽总是就那么一刹那，总是太短太短，就像乡下的新娘们，童年的乡下最热闹的事就是看新娘子，我那时以为女人做了新娘的就永远是新娘，就会永远那么干净而美丽，天天坐在房间里，只是偶尔出来羞涩地笑笑，那只是对着我们这些孩子。可是只是三天，这些新娘便扛锄拿锹地下了地，一年后便是手里捧着饭碗怀里搂着孩子，门口晾了花花绿绿的一大片尿布，走起路来快了，说起话来嗓门大了，脸色黄了，皮肤皱了。乡下的姑娘就像桃花，出嫁的那天开得最美最艳，然后一夜风雨，便凋谢了。

当别的桃儿已经长得肚大腰圆，满脸涨红时，野桃树的桃儿还是那么小小的、青青的，躲在枝叶丛里，它的生长似乎比别的果实总要慢一拍子。中秋过后，田里的稻子已收割回仓，家里的人闲闲地坐在门口，我看见野桃树上的桃儿都已经泛起了红晕，很多已经长得开裂。我摘了一个轻轻一掰，开了，里面是鲜红的瓤，原来野桃是从里往外红的，它成熟得那么谨慎而谦虚。我尝了尝，绵绵的，软软的，香香的，甜甜的，我又摘了几个捧到奶奶面前，奶奶尝了尝，咂了咂嘴说，苦中还有点甜柔，就是太小了点。可是我已经很高兴了，我的野桃树终于捧出了自己的果实！

现在，奶奶早已去世，我的父母已经老了，他们喜欢常常站在门口，看我回去，在乡下，他们常常引我为自豪，引我为欣慰。他们觉得，在书声琅琅的校园，在抑扬顿挫的讲课声里，有他们女儿的一个声音；在报刊的大大小小的豆腐块里，偶尔有他们的女儿的一个名字；在读书不多的祖祖辈辈里，有我这么一个子孙，用墨香巧扮自己。

可是，我心里很清楚，我就是那棵野桃树啊，艰难地抓住了一捧土壤，固执地想结些果子，我不愿我的生命里只有三月，只有那短暂的绚烂。而我那些儿时女伴，她们也都和我一样，早已出嫁，她们依然如从前的新娘，走路快了，嗓门大了，脸色黄了。我不知道，当她们在门前门后种桃插柳时，是否想起，这样的风景已是一年又一年、一代又一代了。我愿她们的女儿做一棵真正的桃树，能够理直气壮地站在土地上，站在阳光里，她们有三月的美丽，更有八月的果实。

# 油纸伞

我曾经买过一把油纸伞，结婚时，伴随我一同从娘家来到这里。刚结婚那会儿，我们一直把它撑开，让它和我的幸福一同绽放在房间里，后来，我们房间的布置去繁就简，那把油纸伞也就被作为多余的点缀被爱人收起，丢弃，在爱人的转身间，我悄悄捡了回来，让它躺在了箱子里。

日子如同溪水一般静静地流过平原和山谷，油纸伞也在那只尘封的箱子里静静地躺了多年，只在梅雨季节里才拿起，撑开，晾晒在无人知晓的角落里，然后又收起……

直到那时，直到我终没有躲过那场情感的冰期来临时，才蓦然发现，一直珍藏的油纸伞，它的命运竟如此神似于一个女人的爱情。

那是一个初夏季节，我在一个小县城里读书，偶然间瞥见一把撑开的油纸伞在楼下的巷子里彩云般逝去，我惊喜地喊了出来，也许是女儿家天生爱美，也许是戴望舒的《雨巷》撩拨心弦，我也迫不及待地跑到巷子里，感激地从那位精明的苏杭人手里买回一把油纸伞。

在古中国的文化里，风筝似乎总离不开三月的天空，成了诠释春天的一个符号，手绢总离不开多情人的眼泪，成了定情的信物，那么油纸伞呢，自那一首《雨巷》，油纸伞总也离不开丁香姑娘的手，离不开长长的雨巷。以后的日子里，常常也是独自撑着那把油纸伞，徘徊在那个古老小县城的大大小小、曲曲直直的巷子里。常常是这样一幅写意画：蒙蒙烟雨的浅灰色为底色，幽深古老的巷子为衬托，砖砌的巷子上的幽幽青苔给人清新，勾人遐想，而那一把浅黄色的油纸伞则把一位少女的心思倾泻无余。油纸伞下的人又岂止是丁香姑娘，她也想到苏堤和断桥，想到苏堤和断桥上的雨，想到雨中的那把伞，和伞下的一对人。原来，早在《雨巷》之前，文学中已早有雨伞，它成了相知、相许、相从的形象诠释。以后的日子里，在每一个雨季，我的油纸伞便袅娜地飘过每一条巷子，编织着关于油纸伞的传说与故事，再以后，我的伞下走来了一位少年，我们度过了许多共同执伞的日子……

时间如同欢快的河流，撒下了笑声，却也匆匆。

匆匆中，我和我的油纸伞一同嫁给了心爱的人，而油纸伞却从此躺在那只箱子里，再也无从撑起。

年年都有三月，年年都有雨季，年年都有油纸伞和撑油纸伞的姑娘，禁不住窗外姑娘们的招摇，也终舍不下那把油纸伞，多少次，我把那把油纸伞拿起，欲撑开，撑开一个梦，灿然开放在暮春的烟雨里，让生活多些亮丽，走到门口，却终不能，总觉得已有许多不合适、不协调，如同一张空空的白纸上，赫然画出一把鲜艳的油纸伞，没有底色，没有点缀，没有……显得那般苍白、生硬和无生气，缺少了那种泼墨写意的气势。然后是隔着窗子无限伤怀，看着窗外一年一度撑起的油纸伞，怀想着我那和油纸伞一同逝去的岁月，怀想着那已定格在相框中的记忆。

而我的油纸伞呢?

我心爱的油纸伞啊，它和我少女时代的日记躺在一起，静静地躺在我从娘家带来的箱子里。

# 月亮堂堂

月到中秋，分外的清白而圆润，挂在蓝汪汪的远天上，像豆芽缸里刚捞上来一样，又白又胖。

记忆中，每每这时候，我奶奶站在门旁，对着浩瀚的天空里那一轮皓月，很抒情地叹道：“月亮——堂堂哦！”于是掇条长凳放在门前的场地上，她坐在一片奶白色的月光里，周身晕染一层绒绒的白光，像莲花上的观音。

我喜欢我奶奶那“月亮堂堂”四个字，多年后再在嘴边咀嚼，只觉得有一片浩茫而澄澈的月光，那样广大无边地覆下来，人世乾坤，堂堂中正。就连月色里夜游的飞蛾与蚂蚁，都能在这蛋青样的月夜里，觉出尘世的清明与平和，还有悄悄地说不出的欢欣与满足。

月亮堂堂的夜晚，奶奶喜欢坐在门前的石阶上剥豆。豆是种在田埂上的豆，或者无人耕种的河畈上，个个豆荚长得肚大腰圆，得意满满。黄昏时，奶奶从河畈或田埂上背一大捆豆秆回家，堆在场地上或者屋檐下。晚饭吃过，吹了油灯，只见月光无限慷慨地洒下来，粉粉地铺在门前的石阶上。奶奶坐在那月色里剥起豆来，安静无声的。只是过那么一会儿，会扔了一棵已剥完的豆秆，再抽出另一棵，如此往返，不缓不急。没有什么会惊扰得她停下，也没有什么会催着她赶紧，剥豆的奶奶和月光一起构成一幅人间的画儿，安详而明朗——是月光，把一个乡间老妪最普通的劳动，注解成人间美丽的图画。

有一年仲秋时节的夜里，是下半夜，口渴了，爬起来到厨房找水喝。趿着一双凉软的布鞋，蒙蒙眬眬到得厨房，立时惊呆了——好一片月色！那一片仲秋后半夜的月光，透过厨房窗子上的玻璃纸，满满覆在锅灶上，满得要溢出来，分外的明净与纯正。厨房也仿佛被这一大块月光清洗了一样，锅铲子亮得灼眼，平日里黑黝黝的松木锅盖，这一刻显得那样洁净与沉静，横躺在锅沿上，竟像入了禅。厨房里，没有月光的地方，还是一片潮润润的幽暗，幽暗的水缸底下，蛐蛐儿叫得正欢，那唧唧虫声虽在暗处，却也有月光的清明与澄澈。我提起瓢子舀了半瓢水，水里也晃动着一小块光亮，我欢喜地把水喝下，连同那一小块晃动的光亮，只觉得自己也通体透明而洁净。月亮的光明与美好，那一个后半夜里，我也有了，我身体的这个小宇宙，角角落落，都得了月光朗照，白日里的不快，人前藏不住的那慌乱与卑微，都在这月光里消融不见。

我忍不住开了门，走到屋外去，四隅一片沉静，我走在一片清凉的月色与清亮的虫声里，只觉得如步莲花上。隔壁人家的房顶，远处黛色的田野，都笼在一片纷纷扬扬的乳白色里，月如霜啊，千里万里，无边无际。抬头看中天，星辰如贝壳现在沙滩上，银河浩荡，伴同西边那皎皎一轮，十万光明就这样洒下人间处处，却又这样无声无息，无有惊扰。我心里有无边的欢喜和宁静，可是说不出来，仿佛置身在一个充满爱与安宁的美好世界里，一个幸福可以绵延到地老天荒的童话里。

月亮堂堂的夜晚，生活与尘世，在一个女子的眼里和心里，是这样一点点美好安稳起来，以至于可亲可信。

# 岁月河

身上的小红袄是去年的，贴身的绿毛衣是十六岁那年母亲织的，可是我还是去年的我吗，还是那个十六岁的走在长长河堤上的我吗？

年年岁岁，岁岁年年，春光相似，而人颜已改！

我想起童年，想起依水而居的老屋，想起屋后的小河，还有一个童年的秘密。

屋后的小河终年悠悠地流着，像一位默默无语的乡野红颜，只在朝霞落日、月圆月缺倒映其中时，才显露那份妩媚和生动。河对岸住的是一户医生家，医生家有一顽皮的小子，比我大六七岁吧。常见他凶悍的母亲拿着根竹棍在他身后，而他会一忽溜地爬到高高的树干上，躲避他母亲的责罚，接下来便是他母亲两手叉腰，对着树顶“仰天长啸”一般：××，还不给我死下来！我和我的伙伴们在河这边看着，觉得好笑，他母亲一走，便也模仿起他母亲的“仰天长啸”，以此消磨无知而寂寞的童年时光。

过年了，河对岸搭起了戏台，来了那些穿戏装的人，寂寞了一年的乡村活跃起来了，而孩子们那同样寂寞了一年的心又怎受得了那份震天的锣鼓喧嚣。再三央求下，母亲终于把我打扮得花枝招展，一只小木船荡荡悠悠，载我到对岸，也只是十几米的水路，小木船便泊在对岸小子家的门口，没想到他竟不计前嫌，下了水边，似乎很熟悉地搀我上岸，然后牵我，一路奔跑到戏台……一直到月亮泊在船头，母亲焦急地在船上接我回去。

自此，我总是神往着对岸，不管伫立在哪条河畔，对岸总是最诱人的，那边的花正红、草正青，那边的舞台已款款为我铺开。我曾对着河水和沉在水里的静静的月悠悠地想：十年之后，我会像村里的那些新嫁的姑娘一样吗？母亲为我置办丰盛的嫁妆，然后一叶兰舟，嫁我，到对岸，也是他，牵我上岸。那时月儿初升，纱窗里的红烛正明。

当岁月的小桨已划完了十年的水路，当柳梢上的月正圆，当我已玉立亭亭，对岸的医生家已举家迁走……说伤心吧，似乎也没有什么理由。此后所有的时日仍如同屋后的小河水般那么波澜不惊地流逝着，流逝着。这其间是长长的小河之间有了三两道堤坝，勤劳的农家人要养鱼致富，我也进了破庙改建的学校，从前的那些漫无边际的生活似乎都开始有了规矩和方圆。然后是我初恋的人儿在河对岸等我赴约，直到有一天，他的木船伴着娇媚的月接走了我的嫁妆，我的人！

当然，牵我上岸的已不是从前的人，我明白不是每一段岁月的尽头等待的都是自己的初衷。可是谁也逃脱不了这样的宿命：不管曾是否有过期盼，有过失落，最终都会过了那条河，到对岸，如同我这般蹚过所有斑斓的岁月从懵懂的女孩到初嫁的新娘。

弹指间，我已成年，已跋涉了人生的许多沟沟壑壑，有过纵声放歌，有过徘徊不语，有过丽日扬帆，有过风雨当头。那个秋天，我走在幼时向往的河对岸，看对面青砖灰瓦间爬满暗绿青苔的老屋，我忽然想，我能回去吗？——我那个曾年轻美丽的母亲会驾一叶小舟接我回去吗，回去的我行囊轻轻，纯洁清新如清水中的莲花；还有那轮明月会接我回去吗，回去的我一如从前，未遇恋人，未解风情。可是，我知道，我已不能回去——生命，便是在一条又一条的河流上划向对岸，不容回返，而所有的心酸心动便是泊在岁月河里那轮圆圆缺缺的月啊！

# 更鼓未响

漏壶和更鼓是两种最古老的计时工具，我常想，一个女人，轻解罗衫，漫舒罗帐，躺在漏壶轻滴、最后一声更鼓还没敲响的春宵里，该是多么芬芳和温柔。

我也想过当漏壶里的水已干，夜已完，窗外已是春晓，昨夜下在梦外的一场雨溅起落红无数；或者是深秋，最后一声更鼓已经敲响，断然将黑夜撕裂，窗外晓风残月，黄花满地，一个女人，云鬓已斜，端坐镜前，看柳眉不再如黛，看罗衫不再鲜艳，看明眸已不会顾盼，看一根皱纹正悄悄横在眼梢并固执地不肯退去，那是多么无奈和凄凉啊！岁月对于女人到底还意味着多少呢？

我也看过灰姑娘的故事，音乐响起来，舞蹈跳起来，灰姑娘成了宴会中最灿烂的一朵，王子最钟情的一位，可是没人知道她心里那个关于钟声的心结，她是怎样的美丽，激动又焦灼啊，任气氛有多么热烈，任舞台有多么辉煌，任她的衣裙有多么鲜艳，可是一切都会在那个巫婆的预言里，在那可怕的钟声中化为泡影，现出原形。

这就像我和一个朋友讲起的故事：上苍给了女人太多的戏剧，自呱呱坠地后便赐她以疼她的父母，然后有美丽的青春，山盟海誓的恋人，花好月圆的婚姻和活泼伶俐的孩子，一件一件的珍宝捧给她，然后会在冥冥之中的某通更鼓敲响之后，便像《西游记》里某位仙人站在云端一般，长袖一拂，便把珍宝一件件收回去了，并说："还不快快现出原形！"于是女人们啊，送走了伴她一程的父母，望着不再依恋她的孩子寻找自己的世界远去，纵然陪在身边的仍然是他，可他还会爱她夕阳下苍老的容颜、枕畔如银的发丝吗？

所以，聪明的灰姑娘，必须在钟声敲响之前，乘着马车，一个人溜走。可是谁会想到，她无意又聪明地丢下了一只娇小玲珑的水晶鞋，永不褪色、精致可爱的水晶鞋，竟会让一个王子在钟声响过之后，在热情冷却之后，依然去寻访她永远的美丽。

所有正美丽着的女人们，此刻都如我这般躺在罗纱帐里，躺在将老未老的青春里，更鼓还未敲响，你我该留下什么？

# 父亲的年

我记忆中的年，它是雕着俗艳图案的小船，撑篙的是父亲。

父亲的年里，对联是重头戏。

进到腊月，头一桩神圣的事情是请老姑爹爹来家里写对联。其实，父亲也能写，但他嫌自己的字不好，只敢写些鸡笼与猪圈的对联，人丁出入的门，总要贴上老姑爹爹的字才体面。之前，父亲早已经将红纸裁好，将墨汁倒进一只小碗或小碟子里，还将陈年的毛笔尖在温水里泡开。老姑爹爹摆开架势写时，父亲端详着看，还间以牵一牵纸角，怕未干的墨汁会在纸上流，私自篡改了字形。写好了的一张，父亲双手捧着，轻放在地上，几乎要行跪拜礼的样子。那个时候的父亲，多半在一个下着雨或者落着雪的午后，忽然间仿佛是书房里的童子，谦逊地侍奉着老姑爹爹写字。他敬重老姑爹爹的字，他更敬重这一副副红灿灿的对联，大概他心里想要的如意与吉祥，都在这红纸黑字里寄托了吧。

写完对联，晚上照例是有一桌薄酒招待老姑爹爹的，而老姑爹爹的一桌酒话总逃不了前朝旧事，什么曹操在江北吃了败仗于是有了“无为”这个地名啦，什么朱元璋少年穷困给人放牛啦……父亲爱听，我也爱听。老姑爹爹的桌子前，酒杯深则故事长，酒杯浅则故事短，于是父亲频频起身给老姑爹爹斟。写对联的日子，之于父亲，近似节日，而这个节日，最后总要在老姑爹爹醉醺醺的故事中结束才算圆满。

最后是贴对联，放鞭炮，写了三百六十多天的长文，到了腊月三十才算是明明白白地点了题。三十这天，奶奶和妈妈，一个锅下一个锅上地忙，父亲上午擦洗门板上的旧对联与面糊，下午贴。双扇门贴好不容易，父亲叫我和弟弟站在他身后一丈开外的地方看，“齐不齐啊？啊……右边高了？”父亲一连串地问。到底不放心，又从锅边叫来油汪汪的母亲，要她也来目测。仿佛对联贴得不像样，一年的日子怕也要不像样，所以父亲极其慎重。

除了对联这重头戏，父亲的年，还会插入其他一些小情节。

裁对联剩下的红纸条，父亲一片也没扔，年夜饭前，全搬出来，门前的梨树、柿子树、桃树，门后的柳树、榆树、楮树，一一都拦腰斜贴一块红纸条，迎宾似的，远看，一片的喜气，父亲喜欢日子笼罩在这样一片茫茫的喜气里。有时，墙角堆放的农具，锄、锹、木锨……也会贴一块方方的红纸片。存米的坛，储稻子的仓，堆柴的披厦，也会在一方旧红纸片上再摁上一方新的。那些农具物什，仿佛一一被加盖红章，父亲眼里，它们伴同自己一起度过辛劳的日子，都是有功的，该要敬一敬。大年初一，牛屋里牵出的生产队的牛，两支黑镰刀似的牛角上，也各贴了一张小小的红纸片，那也是父亲贴的，弄得憨厚的老水牛像个蹩脚的媒婆，两弯羞涩的喜气。

三十的黄昏，父亲端一大盆温热的水，背大半筐上好的棉籽，去给生产队的牛置一桌除夕宴。回家后，再舀几大瓢汤，门前门后，开花结果的树和开花不结果的树，贫贱遭不屑的，尊贵受宠的，个个根边灌一点。他觉得，与我们贴近的这些植物们，也该过年喝一点汤，且是荤的汤。他与它们，饱暖两不弃。

伺候好了牲畜和草木，父亲终于点燃一挂长长的鞭炮，烟雾与磷硝香里响亮地关上门。菜已上桌，我们，围着父亲，开始过一个人间的年。彼是，头顶上的灯泡，也被蒙了一层红纸，我们刚穿的新衣服，和桌上五颜六色的菜，还有暗的墙壁和地下，都罩在一片红得毛茸茸的光里……

多少年后，我坐在除夕的灯影里，回想少年时候跟随父亲过的那些年，蓦然懂得，父亲，作为一个中国老式农民，他对日子，是从骨子里怀着敬重之心的，以至于对与日子贴近的那些草木、农具、牲畜，也同样敬重。年是他表达敬重的一个神圣的仪式。这让我感动。

# 旧时菖蒲

菖蒲临水而居，幽幽寂寂。

在旧年月里，在我青砖灰瓦的旧宅之后，生长着一大丛菖蒲。寒冬才尽，菖蒲便已出水。那么早，像是先候在路口等人。等谁呢？荷，还是菱？这么紧张！怕误了佳期。

细细青青的茎叶如同出鞘的一柄柄绿剑，却无凛凛剑气。端午前后的菖蒲最为茂盛，远看河边像是浮着一片暗青色的云，将雨未雨的样子。那菖蒲香味扑人，风起时更甚，小坐河畈，弄得满怀满袖都是菖蒲的味了。

我父亲叫它“水剑草”，我也这样随着叫了多年，直到多年后的今天，才这样郑重呼它菖蒲。这郑重里似乎已经有了远意，时空隔出来的远意。是啊，水剑草，菖蒲的身份只是草。它的身躯不伟岸，气质不高贵。它只有那一身平民的青碧，在初秋开紫色的花，是忧伤浅浅的紫。

去苏州游览园林，看那些园子里小桥流水，看红鲤嬉戏莲叶之间，看清水里倒映着八角小亭的影子，心里忽然空了一下。菖蒲呢？

菖蒲在民间，在僻静的乡下水塘边，在寂寞的沼泽深处。菖蒲的家世不显赫，姿态担不起奢华的场面，自然处境冷落。

幸而，夏秋之间的乡下河塘里，有着喜事一般的热闹。菖蒲在近岸处绿叶摇曳如波如帐，菱角的碎小白花已经谢成了一弯弯红色的果实。菖蒲和菱角相伴在乡间的水塘里，俨然欢喜的情侣。

但，聚过是散，喜后余悲。菖蒲风里采红菱，一捧捧，鲜艳可人。菱角出水离岸后，很快被送上了街市，直至它们端庄坐进了一个个白瓷的盘子里，像青涩少女焕然一新做了大户人家的少妇。而菖蒲，还在远水边，在守着一片白水日渐寒凉，直到叶残冬尽。

这是菖蒲的命运。它只能演绎成红菱的旧情。红菱的隆重后来里没有菖蒲。我替菖蒲感到悲辛。《本草秘录》里也有关于菖蒲的文字，是说石菖蒲的："味辛而苦，气温，无毒……然止可为佐使，而不可为君药。"中药方剂的组成原则有四个字，叫"君、臣、佐、使"。君药是主药，臣药是辅药，佐药的意义在于或协助君药臣药以加强治疗作用，或用以消除、减缓君药臣药的毒性与烈性，使药则是充当了引经药或调和药性的药物。《本草秘录》里的这一句，便是说石菖蒲的命数了罢，石菖蒲不是主药。物和人都在命里走着：这一辈子，注定做她命里的配角了，辛兮苦兮自己知。

我们这一生里大约都遇上了一个菖蒲罢。

是同住在一条河堤上的两个人，十几岁时背着书包上学，日日自他家门前经过，他躲在窗子后面看她，将她的背影长长送到芦苇那边。她一毕业他就央父母托了媒，中间折折转转的欢喜和悲伤，以及琐屑的世俗和势利，她到底没有成为家世平平的他的新娘。又或者，是青梅竹马的一对小人儿，住在小镇上的一条街巷里，一道上学一道回家，只是，玲珑秀丽的她终于考进大学，然后落户繁华都市，而老实清贫的他中学毕业就接替祖业，一辈子守在粉墙斑驳的老街。许多年后，她回娘家，穿着三寸高的高跟鞋经过他家门前，恨不得脱了鞋子撂着一双空脚来走，轻轻复轻轻，只恐踩疼了他门前的暮色或露珠。她知道，她是他最深最重的疼。

他是她命里最初的人，她在他怀里遗了初吻、失过小魂。她长成了凤凰，远栖都市梧桐枝，挣着不低的薪水，过着体面的生活，巧妙应付丈夫试图追问她少女时代的情感履历。他在旧地方小地方，娶了一个不够爱的普通女人，生下一双儿女，日子就那么远远淡淡地过。他过得简单而清贫，唯一的财富只在内心：和她从前在一起的那些流光碎影。她想起他时，会去听忧伤的歌；她听忧伤的歌时，总会想起他。他是她终身不愈的暗疾。

“滴答滴答滴答滴答，小雨它拍打着水花。滴答滴答滴答滴答，是不是还会牵挂他？”

是啊是啊，年华都滴答滴答地碎掉了，还在牵挂。但，芒草都已白了青山头，一切都变了老了，回不去了……

在一方白纸上写上他的名字，轻轻念出来，眼里水雾漫漶，仿佛回到旧时故乡，面前河水荡荡。隔着河喊他：

菖——蒲——，菖——蒲——

# 菊花禅

曾经，常去庵里。去庵的路上，会路过一丛菊花。

那时候，人陷在一段情感沼泽里，左右奔突，寻找出口，日子乱得如一堆挂满枯树枝的渔网。于是，无着无落时便去庵里走走，也偶尔，烧香，叩头，面对高堂上一张张佛的脸，问来去的路。

夏天去庵里，会穿过一条细细的巷子，柳条一样细。在巷子的墙根下，卧着一大丛绿色植物，有的长在水泥路面边裸露的石子里，有的长在墙根下的砖缝里……想那些根，也一定是一只只苦闷的脚，在泥土和砖石间艰难地寻找方向吧。来来去去，这一丛绿色便蔓延进了心底，但依然以为是野蒿，我的心里何尝不是挤着一丛乱纷纷的野蒿呢？

秋天的时候，天空似乎被陡然撑起来，格外高远，阳光如同新擦去陈垢的瓷器，心里也一点点亮堂。依然去庵里，已经成了习惯。路过小巷的墙根下，远远看去，明艳艳的一片，近处细辨，原来是菊花。想来应该是茶菊一类的，花朵儿纽扣一般大小，叶子也比花市里的菊花要小，要瘦，要薄，难怪不曾把它认作菊花。整整两个季节，这一丛植物就在这一处背阴的墙根下生长，以野蒿的身份，清寂地生长，此刻，这千万朵黄色的小花是它们新睁开的眼睛，它们，曾经一叶一叶地探着走过春夏，如今，终于可以看见一个空阔清明的秋空。

不知为什么，心里像照见了光似的，仿佛一袭发了霉的黑幕布拉开，前方的舞台上，灯光人影，依稀可辨。我知道，自己向佛问了一季的困惑，终于在一朵朵黄色的小菊花上得到释然。蹲下身，摘一朵小菊花，凑过去嗅，清香，清幽的香，香里有恬静而内敛的心思。总觉得，这一丛离庵不远的菊花，也得到磬音浸染，于是里里外外，一花一叶间，都有了禅意。

那么多求佛问路的人，路过小巷，路过菊花，匆匆来去，没想过为一丛绿叶停一停，没想过去过问它们是否是一丛菊。菊花无言——生命中难免有一些暂时的错认吧，所以，它不急，它该长叶时长叶，该开花时开花，哪怕凌霜而开。而人生的许多疑惑，原来是不须急于求解，急于追问一个明朗的确定的，时间流逝里，是泥，总会一层层沉淀下去，是水，终会清得能映出一轮皓洁的月来。只待一个适当的时机到来，彼时，哪怕是一缕风、一朵花、一根草，都可以让一个遭受熬煎的心灵恍然顿悟。如茧，无处不可以成蝶。

周敦颐说：菊，花之隐逸者也。我想，诸花之中，菊大概是最有一分禅心了。因淡定而归隐，因归隐而愈发淡定与宁静，一步步，修出禅心。一个人的情感，也该是这样，隐在时光之后，一点点褪彩褪垢，慢慢将内心走得冲淡宁和。

冬枯春发，春天的时候，再去庵里，路过小巷，拔了几棵小菊苗放进包里，回家栽进精致的花盆里，早晚浇水，叶子还是萎谢。到底没栽活，它有自己习惯的土壤，习惯的并不稠厚的阳光，它有自己的场，它懂得坚守与摒弃。它坚守淡处见真的土壤、空气、阳光与水，它摒弃种花人的浓情厚意的小庭院侍弄。

多少年后，坐在简朴的书桌边，泡一杯菊花茶。闲闲地翻书，等与不等之间，小半个时辰过去，揭开盖子，看见三五朵指甲一般大小的小白菊悬在清水里，淡淡地漾，宛如清秋午后西墙头上经过的几片浮云，轻盈，闲淡，通透。菊香隐约中，想起当年的庵，似乎又听见梵音自远方传来，传来……人淡如菊。

# 迷失马车梦

很早就看过灰姑娘的故事，那时我在母亲的怀里，关于我的长相，母亲很怜惜她的赞美。但我不恼也不急，那时还小，美丽还没有被提到一个重要的生长日程上来。何况有灰姑娘的先例，走完懵懂的岁月，自会像她一样拥有该拥有的一切。

长大了，才知道灰姑娘的故事里还有一段重要的情节，就是一个王子会驾着马车遍访民间，找到灰姑娘，把她搀上豪华的马车，然后直奔城堡。

我的生命里似乎也不应该漏掉这一情节。我总觉得在世界的某个角落会住着一个人，他和我同享一片阳光，同呼一样的空气。他和我一样在成长着，在冥冥中等待着漫漫岁月中的某天的巧遇。所有的铺垫早已设好，只等他的出现将情节推向高潮。像一道数学题，已知的条件是我和一段美妙的岁月，最终的结论或答案就是地久天长，爱情不老，只等那个人往空白的括号处一站，这就是一道完美的等式。一个女孩二十多年的岁月是上天设下的一个谜语，那个王子的出现，就是昭然揭开的谜底。

他没来，我的心上夜夜响着马车嗒嗒的声响。我深信，爱情的马车终有一天会从天边驶来，踏过如茵草地，踏过鲜花开满的小径，自潺潺溪水那边而来。也许那溪水蜿蜒明澈，那马儿此刻正在泉边饮水小憩，我的王子和他的马车正不急不慢，只等一个最恰当的时候到来。

后来我苦恋上了一个家伙，在众人仰慕他的眼光里，我是最寂寞谦卑的一个，我打算就这样选一个最远的角落，远远地凝望，是他的热情将我从拥挤的人群里牵出，我一步一步隆重地走向他的舞台，我想，他就是我一直等待的王子吧，于是紊乱的剧情尘埃落定。

男人惯用的手法就像摄像师手里的机器，你还是站在原地的你，但他推动按钮，你就款款走近，成为画面的主体，占尽了屏幕的位置；扳回按钮，他的世界博大精彩，你渐次矮小丑陋，面目模糊，还原为人海里的尘埃一粒。他像那条被渔夫放生的金鱼，在他的世界里他可以让你成为尊贵的女王，也可以让你成为卑贱的农妇。在成王败寇样的命运里颠簸，于是幡然醒悟。而真正的马车呢？也许他还不曾起程，也许他早在另一条轨道上和你决然错开。

也许灰姑娘的故事还有另一种版本，只不过我们的作家收笔太过匆匆。

王子不曾遍访民间，他只昭告天下水晶鞋的尺码，符合条件的进城，于是一条街的姑娘忍痛锯足，而灰姑娘还在低头做着家务；或者王子的马车出了宫但还没有行至灰姑娘的窗前早已掉转马头。这个世界有灰姑娘，有王子，但没有灰姑娘和王子同台共演的戏。王子和灰姑娘在各自的城堡和农舍里各自等待，或者各自老去。他们不会成为彼此唯一的谜底，他们不会组合成为人间唯一的等式。虽然同享一片阳光，同呼一样的空气。

我们的大作家啊，他忘掉了一种最最重要的版本：在民间，没有马车，灰姑娘一样要嫁；没有城堡，灰姑娘一样要与人终老。

# 亲亲我的桃

初夏的时令，各色的水果仙子还没有鱼贯而入、齐整地列于水果摊前，桃暂且唱了回主角。

其实，樱桃也是这个时候上市的。小小的，晶莹剔透，宛如着红装的小家碧玉，没有殷实的家底，故而嫁得早些，从浓密的枝上走下来，开始堂前庭外地待客理家。但这种水果只在山区丘陵里见得多，山泉里濯洗，绿篾箩里摊开来，盈盈的水光晃动。倘能一夕瞥见，回家隔了一夜，心底里还惦记着。只是在我生活的这块江北平原，难得见的。

街头巷尾也能见到荔枝，谣传说是福尔马林溶液泡过，远远地从火热的南方过来的。于是翘着兰花指，嘬着双唇象征性地尝两颗，不敢贪多。像对异族的人，伸长脖子拿脸颊和人家的耳朵碰一回，做友好状，其实心底里总要习惯地设上几道防。

去年的苹果在水果摊或装潢考究的水果店里都能见到，但是，是再不肯买了。费了半天的劲削皮，一口下去，是酥松，又粉又面的那种感觉，可以当饼干了。那口感，是一位老太太在儿孙前兜露了千百回的往事，已经嚼不出零星半点的新鲜劲。于是故事听不到一半，各自撒欢去了——垃圾桶里总有吃不掉的大半个好端端的苹果。

这样一琢磨，就挑桃了。

桃和樱桃一样，都属于平民家的水果，没听说有吃不起桃的穷人。住在平原上的人家，宅前屋后多半有一棵或几棵桃树。春天里路过，远远看见一大团燃烧着的粉红的火，近了，人从花下过，百转千回，还是掐了一枝走。主人家走出来，脆生生甜蜜蜜地叮咛一句：夏天来吃桃啊！于是当真惦记着，当真在梦里千百次回眸。夏天也当真来了，自己伸手摘，拿到水边搓一搓软软的桃毛，再坐到树底下吃，偶尔和主人家话话桑麻之事。桃让你和一些最平凡朴素的人走近，亲着。

也有玲珑的小媳妇，或者面善喜笑的阿婆，扁担上歪斜地勾着两个竹篮，里面是新摘的桃，肥嘟嘟，新崭崭，像刚被关进教室的一群小学生，憋着一肚子的叽叽喳喳，里里外外都是新下枝的鲜嫩。这样的桃，只管放心地买——自家的桃挑出来，无非是，阿婆为着农闲牌桌上的手头活络，小媳妇大约惦记着街角某个铺子上的一块花布料。芸芸小民掐指过日子，在属于平民阶层的桃上可见。

乡间的桃，离人近，抬眼可看，伸手可摘。乡间的桃，握在手里就想起春风，想起那一枝桃花绽放在哪一场春雨里，想起哪一天花瓣零落，哪一天果实成形。你是这样熟悉它生长中经历过的一花一叶，一枝一节，像一对青梅竹马深谙对方的岁月在自己的心底覆了多少层。像胳膊上枕了三十年的那个人，没什么心下轰然的初见，没多少触目时的新奇，可是里里外外都是亲。与它相对，心安，实在。不像面对超市商场的保鲜柜里的名贵水果，看它摆在精巧的小盘里，蒙上保鲜膜，贴上标注着品名产地重量价格的标签，在几百瓦的节能灯照耀下泛着诱人的光。柜台前流连，像迎接远道的贵宾，场面奢华，心里战战兢兢。这样的水果，至多偶尔买买，满足好奇，或是给家里的水果盘子装一回门面。能爱得久的、放心去爱的，还是手边竹篮里的桃。体己，随心，坦然，没有拼命攀一个阶层所遭受的疏离之苦。

初夏小镇上买桃，没有陈货，新鲜就放心好了。围着圆圆的大竹筐蹲下来，一个个青的红的半青半红的桃像小脑袋在手心底下翻跟头，浓眉样的绿叶子还嵌在里面助阵。咬一口，山歌似的脆，泉水似的纯。乡人卖桃都是当天下的桃当天卖光，完了再回去摘。来来去去的路上没有冷库，没有精明饶舌的水果批发商。那桃的身世清清白白、干干净净，没有隐瞒的婚史前科，没有一身抖不清的旧账。它是平民家的子弟，没有显赫的家世背景，没有占据几张纸的豪门陈规。它不招人，不惹眼，不像陈年的苹果，能面不改色地熬过一冬，依然没落贵族似的鲜红着。它就那样真真实实地新鲜着，脆嫩着。

桃似你身边平凡的亲人，是你命里来得早或走得迟的人，他没有财力，没有头衔，可是几十年你蹭着他的胡碴，听着他的呼噜，与他安静相守在锅碗瓢盆里。

桃更似你不示显赫，不事张扬的平民生活姿态，不仰视权势，不附和权威。屏弃了台上浮华的光与影，藏身于万人如海的寂寞谦卑里，懂得去礼赞阳光、空气、水，还有泥土……

# 人在黄梅天

人在镜子前，闻到绿豆汤的香。也不全是绿豆，还掺了些百合，细碎的苦，隐约在齿舌之间，走走停停的样子。中医里，百合是治咳的一味妙药，也可久久地食用。身有一小疾，时聚时散地纠缠了多年，也不甚碍事，但也记得时时煮那白月牙样的一瓣瓣小百合。像弃了贫贱的旧相好，嫁进豪门的妇人，纵然一朝安逸，心里终是不安，年年月月还记得把那钱物迢迢地寄去，安抚着。

也只绕了个简单的莲蓬髻，放下梳子，不修眉，不上妆。

端起白碗，嘬着小口，吹开一片浪，汤匙来来去去地捞着，权当是仲夏采莲的船。一碗绿豆百合粥见底，天就热起来。玫瑰红的旗袍已经有点缠人，像热情的初恋男女，腻得叫人的心底生出几分厌来，只是尚还能受得住，那分恼人还未到唇边。

窗外才九点钟的香樟树上早挤满了单调的蝉鸣，铺路石子样的粗糙，祥林嫂似的一遍又一遍，没个了时，叫人厌烦。上午的天气和人较上了劲，却又不动声色，窗子开着关着都是闷。也知道不关窗子的事，这是黄梅天了。墙角潮潮的，擦不干，而阳光，明明在晒着窗台。这天气，像分头而睡的一对老夫妻，各自絮叨着，多年的不呼应。拨弄窗子的人也潮潮的，只觉得有千万只手臂勒抱着，挣脱不去，力气都用在了喘气上。想到浴缸里泡个凉水澡，打开衣橱，满眼的姹紫嫣红，可是两根手指捏不出一件来，新的嫌新，旧的嫌旧。

一块牛奶糖，在桌角，也软了，白白的一摊，没保住自己的矜持。所以，这样的时候，是拒绝和朋友见面的。黄梅天，燥热像无处不在的泥，刷得人面目模糊。涂了粉底和胭脂，一张小脸梨花白桃花红地艳着，怕一路上，出了汗，像个风流总被雨打风吹去的末路英雄。然后踌躇着在门外，再也不敢推开门，抬头迎接围了一桌子的面孔。所以，我的淡漠、我的孤僻，愿它像画着残荷夕照的屏风，曲曲折折地立在阴暗的深宅里，遮住了后面一张俊俏含着烟愁的面孔，一根袅袅的辫梢，一双绣花的鞋子。

午后的时光是慵懒的。当有一炉香，一壶茶。竹摇椅的枕上，发有三五分的乱，乱发的底下是泛黄的纸，泛黄的纸上是平平仄仄的句子。眼闭着，梦做着，人是醒的。凉了的茶喝了一半，水没续上。

料定会有一场雨，果然。莲蓬髻歪在右耳边，不及梳。俯在窗台边，由着风从指间过。想着，天上也一定住着一对夫妻，打雷的是老公，下雨的是老婆。男人嘛，火气大；女人嘛，泪水多。雷声和雨声纠缠到黄昏，做丈夫的渐渐没了声音，只剩下连绵的雨在窗外，像掩了房门，俯在梳妆台上的嘤嘤啜泣，间以点点滴滴的数落。

午后三寸雨，浮生一日凉。难得。倚着窗儿，是拂面的晚风，像美人的裙裾在半空里翻飞，看得见的清凉。转身，谋划晚餐。

想起一个浅浅交往的女友，人长得漂亮，却受不得朝九晚五上班的辛苦，更不屑牛奶尿布拖把菜刀的琐碎，她的过日子，就是走马灯似的换男朋友。三十多岁了，还能花开几度草绿几茬呢？她离美丽也许很近，离生活，却很远。回头看自己在切得薄薄的白藕上撒糖，忽然想起，自己这一天的庸碌和琐碎，后面，还是甜的。

蝉声歇，蛙声起。总耐是凉了，好入眠的。

后半夜的月，从西边的墙头上，斜斜地出得港来。像妙龄的寡妇那张清白瘦削的脸，从房舍到树林，到草地，到小河，一路寂寂地走着，目不斜视的样子，是圣洁又孤独的静。

前半夜雨，后半夜月。一日的浮躁，烦闷，纠缠，辛苦和琐碎，都化作了这一刻的澄明恬静。而我，在这样的夜，成了被内在的清明和外在的安静养着的女人。像青灰色的砖墙后面那个旧陶罐里，盈盈的一捧清水养着的盈盈的一弯皓月。

# 秋　事

人在墙里，树在窗外。午后，风过，听见落叶的声音。刘海儿往耳后掖一掖，抬眼看，有那么三五片从枝丫间滑下来，像无主的船儿荡在风里。这情景，恰似已不年轻的妈妈在黄梅天后，靠在阳台边晒那花色已淡的旧嫁衣，当空里一抖，多少陈年的事。秋近了，妈妈也老了。

节气已经过了立秋，天真是凉了。

早早晚晚，一方薄竹席上已经躺不得。心想：这个夏天，就与它是最亲的了。手指在那一根根的黄绿竹篾上摩挲——这竹席，今年它在我的身下，去年它在一个老匠人的手里，前年它该在山上的清风明月里，再往前，它在温润的泥土里，在前世的梦里。可是此刻，它就在我的手里，我将它卷起来，这个夏天，它也到头了。褪了些青绿的色，添了些脂粉浊汗的味。两张椅子架起来垫垫脚，抱着已经卷好叠好的竹席，将它高高搁在橱顶上，直到明年夏天。陪着一块高高搁起的还有那把椭圆的小宫扇，上面印着红楼里湘云醉卧石凳的图画，只是此去，覆在这扇里美人身上的，不是芍药花，而是岁月尘。

阳台上晒着莲蓬，也要收起来了，只是莲子早被掏空了吃掉。晒干了的空莲蓬，黑色，隐约的莲香，像人去楼空的旧宅。这样拿在手里端详，好似旧宅的门前踟蹰，忍不住要忆一忆佳人当年的风采——夏日的街头，清瘦的小姑娘挎着的竹篮里，红花布掀开一角，水淋淋的满眼莲蓬，惊艳。买回来的莲蓬，掏完了莲子，不舍得扔，晒干了，留作冬日里煮五香蛋。做了主妇的人，记挂心上的无非是衣食冷暖的尘事。想那冬日锅底里翻滚的碎莲蓬若还记得旧物旧事，它对那静候在淤泥里的莲藕要说的一句话大约也是：你啊，莫要再惦记我了，从此我在红尘里，在烟火的最深处。

岁月寒暑里奔忙的还有廊上的燕子。一春一夏，风风雨雨，老燕子的叫声渐见苍老，小燕子的叫声渐显清亮。我抱一壶茶靠在这夕阳下的阳台边，无声地看它们忙着举家南迁。明春回来，不知道还是不是完整的一家，那位燕子妈妈春来一趟，秋去一趟，千万里的路，明年它还能不能动身呢？三十年后，我的廊下还有燕子呢喃来去，我还在不在了呢，或者，我的红裙、我的黑发还在不在？

梦里回了趟娘家那边的旧宅，似还是少年的时光。两水夹堤，堤畔爬满了青苔的老屋，屋前一棵老梧桐。一阵凉风过，一阵落叶飘舞，好似千万封冰冷的休书。十几岁的人儿，一手捧着本宋词，一手拾一片梧桐叶，再捉一只倒霉的蚂蚁，在微风的水面上，让蚂蚁坐着梧桐叶渡水远去。此刻，时光像一片寒凉的秋水，我的文字是一只寂寞的蚂蚁。

雨是后半夜下的吧。秋雨不似夏雨，没有雷声做伴，下得分外寂寥。嘤嘤的声音，像中年女人依在幽暗的巷角，于无人处独自泪下，独自优雅地拭，唯恐惊了他人。江北的庭院不似江南，很少植芭蕉，透过半开的窗子，看不见过了雨的新绿。只见暗黄的一片片椭圆的叶子在雨里，湿得透了，像宣纸浸了墨，几分苍凉，几分诗意。人倦窝在床上，窗外一阵一阵的凉气进来，于是把白底紫花的薄被裹了又裹。就这样听雨吧，一个人，在这个秋日的清晨。

雨停的时候大约是十点，这个时候起床也尴尬得很，赶早餐是迟了，赶中餐是早了。梳妆台边坐下来，乌木的梳子梳下去，头发落了几根根，转身撂一句叹息，怕究缘由。人又靠会儿阳台，廊上已经寂静得很，想那几只燕子的翅膀在天空里该已经远了。忽然就想起妈妈，这个时候，她该在哪一扇门后，借着雨后淡蓝的天光，与人打着纸牌吧。间或，还絮絮地插上几句关于她七十年代出生的女儿的旧事。此刻，我和她，都在这个秋天里，只是，她当我是她饱满的果实。

# 旧 情

我有一个伴我从年少走来，写满了小诗的本子，我美其名曰“旧情诗”。我想，与爱情有关的从前交的现已不交的那个人谓之旧情人，那么因爱情而写的，现如今早已不再写下去的诗歌当然谓“旧情诗”了。

只是旧情人是万万不可再见的！你想啊，记忆中是他多情的眼神，浅浅的笑容，挺直的胸膛，飞扬的风衣。隔了十几年或几十年的时光，再见面，执手相看泪眼就免了，你能接受岁月这个调皮的孩子将他从头至尾乱涂乱画，肆意篡改吗？单是那步态，一看便能让你顿悟物理学中重力向下的抽象知识。更要命的是他的身上已厚厚地贴上金钱地位的标记，谈吐或趾高气扬或神情猥琐。纵然他的谈吐一如从前，可是你又肯接受一个半老男人还装嫩得可以吗？

没想到情人也会旧去，会像撕碎的信笺丢在风里拾不回一个完整。可旧情诗不一样，它就躺在你触手可及的案头枕边，一伸手便可以拿到翻开，字字句句便是那鲜活的爱情，乱跳的心。“水说 / 山啊，你日日在此守候 / 不嫌沉重孤寂吗 / 山说 / 丫头，爱你就是站在高处看你 / 不出声的 / 你的欢快和忧伤就是我唯一的风景 / 哪怕你悄然不知 / 一去无回。”十几年前，爱情初来乍到，我爱得忧伤而唯美，祈盼成为一个男人眼里唯一的风景。捧着旧情诗，我知道我曾这样纯真稚嫩地爱过，爱过就是财富！

有人喜欢让情人住在心里，很慷慨的。像旧时的江湖艺人，来到某处，在地下画一个圈，当中一站，拱手道：各位父老乡亲，鄙人某某某，路经此地，想借宝地耍两下拳棒，讨个茶钱，各位赏脸的请赏个位置，于是人们很快退后三尺，让了块偌大的空间由着艺人耍，并赔上巴掌喊叫好。还有一种男人便是如此，他会说：美女，小生某某，仰慕您飞扬的神采，想借芳心一住。于是美女便把心里的位置腾出来，让他的名字住着甚至久住。

但我很吝啬，不肯让人久住。生活的路很长，琐碎的东西很多，舍不得让一个名字挤占太多的空间。我只会让一个人立在我的从前的诗里，成为诗里的风景，有怀旧的味道。并且不问那人时下的贵贱生死，哪怕咫尺也好，天涯也罢。

因为吝啬，因为不肯相让，我从不肯承认我的某段旧情是我和某人两个人的戏，这戏有他的一份。我的旧情就是一段美好的记忆，它的专利是属于我的。它像我的一块私有土地，某年某月某日，那人从我的土地上路过，并留下几行脚印，你总不能说这土地从此有他一份吧，某人路过并走了，这土地还是我的。所以忆及旧情，为什么还要扯上那个面目全非的人呢？岁月走了，戏也散了，从前湿漉漉纠缠在一起的两团泥从此风干为两粒尘埃，散入人海里不再惦念。

有这样一个很美的故事：一位50年前留学日本的老人难忘旧爱，50年后重登故地寻觅伊人，朋友告诉他，她拒绝见面但翌日清晨她会从当年约会的那棵樱花树下经过，老人第二天手捧50多朵玫瑰给每一位路过树下的老太太送去一支，并深深一鞠躬。是啊，任旧情曾经有多缠绵，几十年后，见了又如何？认了也枉然！线断了就是断了，情是续不下去了，不过是慰安各自的心灵和记忆。佩服那位老太太混入50多位老太太的人群中低头接花，答谢而过的爱情哲学。有些人，有些事，不可寻根究底，长忆樱花香就是最美的境界了。

所以旧情诗常读，旧情人永不去见，而那一段旧情，就像一个已破落的富农或地主，有一天关上门对自己的子孙骄傲地宣称：从前啊，哇！我拥有好大好美的一块土地！

# 旧时天气

秋天是旧的。实实在在的旧。

躺在床上，听黄昏的雨，雨是旧的。不用推了窗去看，单凭这霏霏的雨声，便知道那雨是瘦细瘦细的。朦胧中，觉得那雨似乎是生了毛的液体。是黄梅天生了菌毛的液体，一直耗在阴暗的瓦罐里，终于待到深秋了，被高高端起，满空里撒下来。

七八岁时，父母在雨天里吵架，平日里攒下的怨和怒，终于在雨里像列车到达站点。二十八年前的那个小女孩，无处安放她的惶恐无助，躲在屋檐下，兀自看雨。那雨也是瘦的，飘摇着，一如此刻。十八年前，怀着早恋的忧伤，扛着一把花布伞走在铺满金色梧桐叶的沙路上，伞顶之上的天空，也飘飞着这样的细雨，无着无落地飘着。

岁月叠增，一层层，如同岩石的纹理，而秋雨，还是旧的。旧的瘦薄，旧的寒凉。

旧时天气旧时衣，是的，衣也是旧的。

这样微雨的天气，天光穿过窗外并不疏朗的南方的香樟叶，落在室内一架长长的挂衣架上。挂衣架上的衣服多半是去年置下的，中式的民族的为主，兼以挤几件今年新添的。年岁渐长，置衣的激情也是一年不如一年。半新不旧的那几十件小袄或旗袍，被心思沉重的天光晕染，竟也越发呈现出年代久远的古旧之色来。若要起身去闻，想必那纹理之间散发的，不是我的气息，而是明朝的残砖瓦砾的味道了。脂粉转身又凝做了富含碳酸钙的石头，胭脂盒子上生了厚厚青苔，一切都老旧老旧的了。

我也是旧的。一日一日地，凶猛旧下去。

习惯是旧的。在不上班的日子里，还是像从前，喜欢在秋天百无聊赖地睡觉，睡一下午，睡睡不着的觉。晴天里，喜欢躺在床上，看窗外的夕阳在西边一寸一寸沉下去，终于像一块橘子糖，慢慢溶化在灰蓝色的水里。雨天，就干脆和一床素衾、一架衣服纠结在灰蓝色的空气里。直到天已晚透，终于点了灯，这才开始活动。仿佛一头昼伏夜出的兽。晚上，散步，顺带购物，然后提灯，看书，或者网上看热闹。

日子也是。旧的多，新的少。记得从前，手中是有一大把的明天——少年时喜欢躺在春风浩荡的江堤上，一边嗅着马兰花的隐约清香，一边空自描画着二十岁三十岁的遥远自己，该是怎样的不凡模样。如今，那么多的明天都早被我过成了昨天。如今，一双蹄子终于沾了泥着了地，已经现实了，不再喜欢对镜空自许。知道明天永远是未知的，无数个明天还是未知的，只有昨天，一日日在行囊里沉淀下来，成为我们的尾巴。我们拖着长长的尾巴向中年和暮年缓缓走去，仿佛旧时乡下生殖力极其顽强的女人，身后是高高低低的一长排衣衫粗陋的孩子，扯着母亲的衣襟随行。

生活越来越慢，不喜欢赶了。能坐下来，一个人看阳台外的树与日影子，一看一个时辰过去。无谓的期盼也渐渐少了，更在意过好每一个今天，哪怕素色，哪怕无惊无险。人群之中，更习惯去做一个配角，做一片安静的树叶。生活的内容里，新意渐少，慢慢将柴米油盐奉为正道，成了十足良民……这舒缓与淡定，像从前父母终于安稳下来的中年。

旧时天气旧时衣，只有情怀，不似旧家时。这情怀，是中年情怀，无限情意拣拣叠叠缝缝起，旧上做文章。

# 我到哪里去

如果让我忆及往事，记忆里便是一片渺茫的水，船儿抛下一截又一截的堤岸，急急远去，我是站在岸上的人。

屋后的小河，名曰长宁河。二十多年前，不到十岁的年纪，常坐在河边的捣衣砧上，听对岸一座清瘦小桥的流水声。我不知道小河的下游会是一个什么样的地方。只说在赵家渡的那个地方，端午那天有龙舟，可父母嫌我累赘，丢下我扛了弟弟去。我只挤在人群里看了屋后河上的一场端午戏。

我总不能停止关于小河下游的联想，来来去去的船儿装满了货物，挤满了陌生和熟悉的人，来往于这个寂寞的乡村和我远没有见过的另一个世界之间。那船上的人想必是繁忙的吧，他们的生活想必是喧嚣和精彩的吧！

我羡慕着一条条过往的船，如果它的航程可以用一条线段来比方，那么上货的地点是一个端点，下货的地点是另一个端点，它在这两个端点之间拥有了一段繁忙的水路，一段专注的航程。而我终日在这岸上，我生命的一个端点在这岸上，另一个端点会在哪里？我该把我的脚步瞄准哪个方向？我会掀起怎样的水花？岸上有没有像我一样喝彩的人？

在外婆的长江边消磨了半个童年。夏日的黄昏，姨总会说：晴，快点！我带你到江边吹江风看大轮船去！她知道我那么喜欢站在江堤上看轮船来去，看大轮船一路掀起大朵大朵的浪花，喧闹着耀武扬威地驶向远方，直到化为一个黑点镶嵌在水天相接处的渺茫水汽里。它们满载货物，它们何其匆匆！它们都有自己的航程，都有自己的终点站啊！我不知道多少年后，有没有一只大船肯为我停一停，容我一坐，载我，到远方；有没有一处港湾早为我预设好，它在哪里；有没有一段美丽的航程等我去丈量。

年少无知啊，以为成长必得是一路响满喝彩，以为所欲所求可以信手采摘，以为远方必定是一个美丽的所在，其实风浪里的脚步哪能尽由自己，风浪里的人事哪能尽数把握？一只航船的远方即是一个又一个的渡口，它接纳的也无非是一路的悲欢，也许在这个渡口我和你相见甚欢，下个渡口便是我的手从你的手中轻轻抽出，只剩下江水苍茫，浮云远去。

似乎是十六岁那年，坐在微风拂过的窗前，听谭咏麟的《水中花》听到落泪，不敢见人，用长长的刘海儿遮住微红的双眼。那时，捣衣砧上捣衣的奶奶刚刚去世，同时陪我江边看船的我最恋的姨以二十三岁的年龄，把我推开她的怀抱，也撒手而去。明月三十年盈亏，三十年的行世历程里，回头看去似乎已走得很远，但我又收获着些什么呢！是的，何苦呢，我何苦这么多年望着渺茫的水纠缠在一个“我到哪里去”的结里？

如今，我依然喜欢坐船，喜欢听船公把沉重的锚提起，哐啷一声掷在船头的铁板上——船和岸分离，航程开始。我还喜欢迎风坐在船头，由长发在身后飞舞。不问船底的浪花可曾喝彩跳跃，不问身后有否晚霞作陪，不问苍茫江水里何处是我终点，只喜欢启程的感觉，只知船在行驶，我在我的航程里。

# 阳光千万里

收到朋友一好玩的短信，把它转发给我尊敬的一位老师，老师回信说他很开心，心情像窗外冬天的阳光一样好。看这话时，我办公室外的阳光正斜斜地穿过玻璃窗，捕捉着我正写着字的手指。

感谢阳光，不分贵贱，照了小草，也没忘了露珠。

许多个冬天的早晨，阳光穿过窗前的香樟，洗涤我碎花窗帘上残留的夜色。以至香樟里窝藏的那些鸟儿也开心了，叽叽喳喳地叫着。叫吧，阳光是温暖神奇的被子，啄不破的。再怎么闹腾，还在阳光的怀里，像未孵出的小鸡，赖在蛋壳里。

冬天里，先生做得最勤的事情就是晒被子，他会站在我的枕边，向一个赖在被窝里的女人催要着待晒的被子。我说：索性把我连同被子一块儿抱阳台外晒晒吧，太阳落山的时候，再把我连同被子一块儿抱回来。不吃不喝，不思不想，舒展四肢，摊开发丝，做阳光温暖之下最慵懒的女人。受潮的，霉变的，前前后后，里里外外，都晒个透，这样即使黑夜里，我的体香也是阳光的味道，真好！或者在阳光亿万根金色的丝线里，伸个懒腰翻个身，便缠住了，傍晚先生忘了收就让阳光拎回去，像一条欢快的鱼，暂存一夜，明早原路奉还，也很戏剧。

有一年，去江南看那些徽派老房子。在一座很老的桥头有一座很老的宅子，门口坐着个老太太，听说八十多了，居然还在做针线活。我问她这房子有多少年了，她说她十七岁嫁过来，来时房子早有了，她也不知道多少年了。说话时，阳春三月午后的阳光正厚厚地铺在老太太身边放针线的篮子里，宁静，温暖。忍不住想，是怎样的一个男人陪一个安详的女人在一座老宅里数着指间六十多年的岁月，给她播撒屋子里的另一片阳光；谁的手指像阳光一样，在枕边穿过了她的青丝，又穿过她的白发。我离开的时候，老太太依然在阳光下低头忙活着手中的针线，像个孩子专注着手中的玩具。蓦然回头，发现身后的画面竟有了几分禅意，那古桥、河水、老太太以及她的老宅正被阳光布施八方的手温暖地握着，紧紧的。岁月在指间穿行，老人在阳光里穿行。

想起以前学画时，老师反复强调要注意物体在光线作用下所出现的明暗变化，也慢慢懂得通过亮面、灰面、暗面去表现光线下的物体。光真是一个神奇的东西，因为它的存在，画面便有了明暗和虚实，形体便有了立体感，薄薄的一张纸便有了深度。

一直喜欢米勒的油画《拾穗者》，画面里，三个农妇正低头弯腰在麦子已经收割过的田野上，捡拾遗落的麦穗。那土地是沉静厚实的，那人物是顽强朴实的。可我更喜欢的却是画里的一片阳光，洒在农妇弯曲的脊背和劳动着的手臂上的阳光，洒在她们身后的那一片无垠田野上的阳光。画里原是有贫瘠与艰辛的，可因为了一片绵延千里的阳光，画面便获得了丰富细腻的暖调子，近处的人物和她们手里的麦穗，远处的草垛、田野和天空，都在一片暖色调里和谐融合，劳动成了最温暖亲切的生存方式。因为那片阳光，我感受到了一种深沉的爱，农民对平凡生活的爱，画家对农民和土地的爱。

因为阳光，大地如此妖娆多彩；因为爱，岁月如此温暖厚重。愿大地上的每个生灵都沐浴在爱的阳光里，从起点到终点。

# 优雅的女子

已经过了立秋，早凉晚凉，蝉声稀落。夜晚，颇为闲适地在枕上听院墙根下的虫声，有小散文的美，清越，婉转，悠扬。然后，想起记忆中那些优雅的女子。

一次在芜湖，临江的长街，一个卖花的中年女人，多少年不能忘却她。她推着自行车，后座上是一只红色的塑料桶子，很干净，里面满满的花。“香雪兰！香雪兰！”她吆喝着，不像生意人，倒像小院子的主妇在唤别人欣赏她种的花。那花有筷子粗的秆，秆上附有浓眉形的绿叶，顶端的穗上擎着一朵朵粉蝶一样的花。那花瓣是疏淡的四瓣，单薄，白，像小家碧玉，放学回来，白裙子在晚风里。有人还价，她不卖。她说，自己下了岗，白天在家里做家务，照顾老人和孩子，只黄昏才出来卖一次花，赚个家里的伙食开支。那花进来八毛一支，卖出一块，她每天卖完两百支香雪兰就回家。我打量她，她穿洗得发白的棉布褂子，款式简单；梳齐耳短发，发很贴，不是我们时常想象的下岗女工的沧桑与不堪。这样的夏日黄昏，这样清淡的女子在长长的石街上，那样娴静地拨弄着淡雅的花儿，叫人记得。

那一个秋天，坐在开往小镇的班车上，窗外的白桦树上掀动着碎金样的夕阳余晖。一个女孩子，穿碎花的裙子，靠在窗边，静静地翻着手中的书，晚风吹动她的刘海儿，留给外人的是一个安静的侧影。周遭的喧嚣，于她，仿佛皆已化作尘埃，安静地落在低处，只有风过书页的声响，仙乐一般，叫人细细地心动。心里惊叹，真是一个优雅的女子，如同浮世里一支安静的莲。还有一幅画，至今记得。是冬天，窗外积雪，一个满面皱纹的老太太，低头在窗台下剪窗花。整幅的画，晕染着老玉米黄的暖调子，叫人仿佛看见她炉火映红的脸，层层展开的笑颜，以及新年的玻璃窗上象征吉祥的红窗花。那真是一个优雅的老者，以一个无华的姿势诠释着：岁月如此安详！我同样想起我的《初心》里的她，人近中年，一个人喝茶，忆旧事，坦然咀嚼生命里那些过往的甜蜜和遗憾。

尘世间匆匆行走，名利场里上下转悠，常常，会惊艳于一些"十大女性""四大才女"的光芒。如今，回头看这些寻常生活里清淡却也不失优雅的女子，便觉得，她们也有一种小散文的美。她们像秋虫，没有高枝上蝉的高调、张扬、沸腾，她们的姿态在低处，恬静，从容，是另类的优雅。像小散文，隽永，绵长，值得回味。

# 一条河流的行走

河流该是大地的眼睛，还是大地难以弥合的伤口？一条河流在它命定的版图上到底能行走多远？

在长江一手牵扯的众多支流中，该怎样描述我和我的长宁河呢？我之前二十多年的岁月由上苍安顿在长宁河的怀里，长宁河的水要穿过两岸的田野和村落，再融入长江的怀里，像所有粗粗细细的血管一样，最终都奔赴心脏的位置。

永远记得父亲告诉我：这河是通长江的。在我的脚步还没有迈出一座村庄的年月，父亲的话像是门缝里投进来的一线阳光，让我知道，门外还有一个世界，更宽广博大，玄妙神奇。于是喜欢专注地凝望一条河流，我想，有一天，我一定要沿着河堤，跟随一条流动的河流，阅过两岸层层叠叠的风景，到达长江，到达大海，到达远方。

在春天里，沿河堤行走，春风替柳树舒展开嫩绿的水袖，野蔷薇把深色、粉色、淡白的花簪在河堤的胸口。根根芦苇正清新挺拔，像俊秀的书生，自有一份独立于繁华世外的清高。就这样，长宁河在斑斓的画里静静地走着，演绎着它最初静好的岁月。暮春，野梨花缤纷落下，栗色的野梨便攀上了枝头。我是喜欢落花嫁于流水的，觉得流水会牵着野梨花碎碎白白的裙子，带它去往一个又一个未知的去处。心里替那些野梨儿叫屈，它们像农家小子光光的脑袋，被繁忙的大人锁在屋里，直到秋天才被放归大地。

我很想知道我纤瘦婉约的长宁河是怎样一路娉婷地走向长江的。小学毕业的那年暑假，我学会了游泳。在长宁河柔软澄碧的河水里，我舒展四肢，像鸟在天空中飞翔。在晚霞燃烧的河面，疲惫的我爬上了姑父的木船，船随流水依然向远方漂去。

我到达了一个叫作“龙塘”的地方。水面豁然开阔，一块半岛似的浅滩极优雅地伸到了河中央，上面是密密匝匝的芦苇，间或夹杂几棵树，结满了红的绿的圆果子。以至于常看到银色的鱼鳞一闪，像得道高人，刚见他亮剑，倏忽间已没了踪影——水太深了。偌大的水面衬得我的小船更加渺小，我已经感到了丝丝惶恐，河岸和村落似乎离我远了点，此刻我唯一能抓牢的恐怕就是我的小船和小船正依赖的流水。我疑心从我家屋后流了那么些时日的河水，此刻都停留在这儿做暂时的休整，然后再整装出发。就这样，长宁河在它行走的途中向我展示了它全然陌生新奇的另一处风景。

再往下游，长宁河穿过两岸阴森肃穆的坟茔，不惊醒亡灵藏于大地的长梦。那时我已骑着车，追随长宁河的流水一路来到赵家桥——以前叫作赵家渡的地方。无论是渡还是桥，我都是喜欢的。渡，说明水面是宽阔的；桥，说明人力没有扼杀一条河流的流动。我知道，我已经离开我的村庄很远了，我跟随一条河流已经走得很远了。

那年暑假之后，我真的远远地离开了我的村庄，出门读书去了。然后是工作，是春燕衔泥一样的筑巢垒窝，有近十年的时间我没有再去寻觅一条河流的流向。如今，在我三十岁的这个秋天，在这个寂寞的午后，我又出发了。从当年脚步停泊的赵家桥出发，依然沿河而下。一路看见残荷的败叶，形只影单的，像是在低头打点归去的行囊。那些游鱼似乎不解忧伤，依然在清寒的水里泛着白鳞，自由来去。一些已经衰老腐烂，一些正在稚嫩生长，长宁河于不动声色中，诠释着人世玄机。河水之上，有三两只蜻蜓，扑扇着青灰的翅，凌波奔一片芦花而去，希图在一片潦倒的芦丛里寄存余生。我已经觉出了河水步履的沉重与悲苦。

是的，长宁河停住了它的脚步。

在一个叫作“李家湾”的地方，在一片竹树环合的村庄里，一道闸门锁住了长宁河，像扼住了一个鲜活生命的咽喉。我放倒车子，瘫坐在闸顶上，二十年来，我都一直坚信是河流就一定能走到长江和大海的啊！长宁河把它的理想寄托在空间的行走里，我把我的理想寄托在时间的行走里，我和长宁河一样，都是大地上的行者，我以为行者都是无疆的啊！佛家说：自度方能度人，被锁的长宁河又如何去承载我的一份继续前行的梦想呢？我纤瘦的长宁河，它像九月初三的月牙，因为一道闸门，便永失了长成浑圆莹白的满月的那天。一道闸门，锁住暗流汹涌，只在汛期来临时，才会开闸把长宁河的水交付给另一条河流——天河，再由天河经另一道闸口，回归长江。更多时候，长宁河像天河一样，到不了远方，在闸门里，和两岸的田野村庄相守着长久宁静的岁月。

我徘徊在长宁河的堤岸上，我怎能不徘徊呢！

河堤上，几排红红的高粱，挺直着腰身，给田野站岗；玲珑剔透的柿子和石榴守着农家人傍水的宅院，一派吉祥；河堤的另一边，沟渠里正淌着长宁河来的水，田野里冬小麦和油菜正绿着……我仿佛听到了河流奔腾的声音，来自庄稼果树的根茎叶和果，我想，那里流淌的该是长宁河的支流吧！

是的，我躺在大地上的长宁河，于困守中把自己的生命分成千万条支流，隐忍着伤口，在植物的身躯里站立起来，拥有了其他行走的河流所不可企及的高度！